C. B. Christiansen · Ich seh den Mond

Für dich
C. B. C.

C. B. Christiansen

Ich seh den Mond

Deutsch von Martin Kluger

Erika Klopp Verlag

Die Deutsche Bibliothek – CIP-Einheitsaufnahme
Christiansen, C. B.:
Ich seh den Mond / C. B. Christiansen. Aus dem Engl. von
Martin Kluger. – München : Klopp, 1996
ISBN 3-7817-0339-8

Titel der Originalausgabe »I See the Moon«
Atheneum, New York, 1994

Die deutsche Ausgabe erscheint in Zusammenarbeit mit Atheneum Books for Young Readers, einem Verlag der Simon & Schuster Children's Book Division.

Aus dem Englischen von Martin Kluger
Einbandillustration: Martin Paulus
Satz: Filmsatz Schröter, München
Druck und Bindung: Ebner Ulm
Printed in Germany
Auflagenkennzeichnung (letzte Ziffern maßgebend):

Auflage:	4	3	2	1
Jahr:	1999	98	97	96

Inhalt

»Sterne«, sagte Axel nachdenklich. »Wir fügen sie zu Gruppen und Bildern zusammen, und trotzdem folgt jeder seiner eigenen Bahn. Jeder Stern des Sternbildes hat seinen eigenen Namen. Wußtest du das? Jeder Stern hat eine eigene Persönlichkeit.« Dann sind Sterne wie die Menschen in einer Familie, dachte ich.

Mama

Papa

Jorgen

Kari

Bitte

Du

Ich nenne dich Isabella.
Wir gehören zusammen, du und ich.
Ich habe dir einmal etwas versprochen, und ich habe vor, dieses Versprechen zu halten.

Isabella ist nicht dein richtiger Name, aber in dem Sommer, als ich zwölf wurde, war er mein Lieblingsname. Ich wünschte, meine Eltern hätten mir einen langen, schönen Namen gegeben statt eines kurzen, knappen. Mama ist Norwegerin, deshalb haben wir Kinder Namen wie Jorgen und Kari und Bitte Liten, das bedeutet »winzig«.

Ich bin die Jüngste. Ich wurde die kleine Bitte genannt, sogar noch mit zwölf Jahren.

Als ich Mama fragte, ob ich nicht einen anderen Namen haben könnte, antwortete sie: »Findest du nicht, daß sich genug verändert hat?«

Das stimmte. Unsere Familie hatte sich in diesem Sommer verändert, besonders Kari. Aber Mama, Papa,

Jorgen und ich – wir hatten uns auch verändert in dem Sommer, als ich zwölf wurde.

Zwölf. Ich bin heute doppelt so alt, aber ich habe es immer noch nicht vergessen.

Es war die Zeit der großen Ferien. Im kommenden Schuljahr sollte ich in die siebte Klasse kommen. Ich hatte gelernt, was die wichtigsten Exportartikel Brasiliens sind, und wandte mich dann einem neuen Thema zu: der Liebe.

Meine Freundin Claire beschäftigte sich schon seit einigen Monaten mit der Liebe, seit dem Tag, an dem sie offiziell eine Frau wurde. Sie hatte aufgehört, Softball zu spielen, und trug jetzt Rüschenkleider. Sie hatte aufgehört, Abenteuerromane zu lesen, und las Zeitschriften.

Ich war anders als Claire. Ich las gerne Abenteuergeschichten. Ich trug gerne Jeans. Ich liebte es, mit meinem hölzernen Baseballschläger Maiskolben über die Scheune zu schlagen und den Körnern zuzusehen, die wie Schweißtropfen eines galoppierenden Pferdes auseinanderstoben.

Ich wollte keine Frau werden. Die Liebe wollte ich kennenlernen. Was war das eigentlich, Liebe? Wie sollte das gehen? Würde ich das jemals erleben?

Siehst du, Isabella, Claire glaubte, alles zu wissen, was es über die Liebe zu wissen gab. Aber für mich war das wie Mathe ohne Lehrbuch und ohne Lehrer.

Claire sagte, wahre Liebe ist Festhalten und niemals Loslassen. Sie sagte, Liebe ist Umarmen und Küssen und hat auch noch mit ganz anderen Dingen zu tun.

Mit unvorstellbaren Dingen.

Der einzige Junge, den *ich* jemals geküßt hatte, war Robert McCormick, und das hatte ich nur getan, um zu beweisen, daß ich mich traute. Später konnte ich mich nicht einmal mehr daran erinnern, wie seine Lippen sich angefühlt hatten. Ich erinnerte mich nur an seine Nase. Es ist erstaunlich, wie riesig ein Nasenloch aussehen kann, wenn man es aus der Nähe betrachtet. Erstaunlich und gar nicht romantisch.

Claire hatte gestöhnt, als ich ihr von meinem ersten Kuß erzählte. »Wie dumm von dir«, sagte sie. »Du hättest die Augen zumachen müssen.«

Woher hätte ich das wissen sollen, Isabella? Ohne Lehrbuch. Und ohne Lehrer.

Ich wollte meine Schwester Kari fragen, was Liebe eigentlich ist. Schließlich war sie fünfzehn und hatte einen Freund, den schüchternen Angus. Kari und Angus. Ich war mir sicher, daß sie über Umarmen und Küssen Bescheid wußten und wie es ist, sich ganz festzuhalten. Aber Kari wollte mir auf meine Fragen über die Liebe keine Antwort geben. »Hör auf, solche Fragen zu stellen!« schrie sie dann immer. Mama bekam das jedesmal mit und kam angelaufen. »Laß Kari in Ruhe, Bitte.«

Mama war sehr beschäftigt in diesem Sommer, sie pflanzte Gemüse und kochte für Landarbeiter, während Papa die Felder bestellte. Ihr Gesicht war wie immer sonnengebräunt. Aber die Sorgenfalten um ihre Augen waren neu. Die Sorgenfalten waren mit den Veränderungen gekommen.

Mama hatte den Arm voll Rhabarber an dem Morgen, als ich sie fragte, was Liebe ist. Sie war früh aufgestanden, um den Rhabarber zu schneiden, bevor die Sonne ihn ausdörrte. Hast du schon mal Rhabarber gegessen, Isabella? Er sieht aus wie Staudensellerie, nur ohne Rillen, und ist saurer als Zitronen. Wenn du Glück hast, wirst du jemanden wie Mama haben, die aus einem sauren Rhabarberstengel etwas Süßes und Leckeres zaubert.

Mama kam mit dem Rhabarber in die Küche. Sie erwischte mich dabei, wie ich hinter der Anrichte stand und eine von Claires Zeitschriften las. »*God morgen*, Mama«, sagte ich zu ihr.

Mama sprach gern Norwegisch, besonders mit ihrem älteren Bruder Axel. Sie lächelte jedesmal, wenn ich versuchte, etwas auf norwegisch zu sagen. Aber an diesem Morgen schüttelte sie den Kopf. »Bitte, du liest ja immer noch diesen *sludder*, diesen Unsinn!«

Ich räusperte mich. »Hm ja, stimmt, Mama, aber wie soll ich denn sonst etwas über die Liebe lernen?«

»Liebe lernt man nicht aus Zeitschriften.« Mama legte den Rhabarber ins Spülbecken und blickte aus dem Fenster auf die Weizenfelder. Dann sah sie mich zärtlich an, wie nur Mütter einen ansehen können. »Laß dir noch bißchen Zeit, Bitte, ja?«

Weißt du, Isabella, ich glaube, Mama konnte sich nicht mehr daran erinnern, wie es ist, zwölf zu sein. Vielleicht mußte ich deshalb ständig Arbeiten für sie erledigen, seit die Ferien angefangen hatten. Sie dachte sich irgendwelche Aufgaben für mich aus. Und Spiele. Aber einkaufen zu gehen hatte mich nicht weitergebracht. Kartoffeln zu stechen hatte mich auch nicht weitergebracht. Mit meiner Schwester Kari Karten, Dame und Domino zu spielen hatte mir auch nicht geholfen, meine Frage zu beantworten.

»Mama, was ist Liebe? Ist es wie bei Kari und Angus?«

Mama senkte den Kopf und murmelte etwas.

Ich wartete auf eine Antwort.

»Mach dich ein bißchen nützlich, Bitte, und wasch den Rhabarber«, sagte Mama schließlich.

Ich hütete mich davor, noch einmal zu fragen. Ich drehte den Wasserhahn weit auf und ließ das Wasser über den Rhabarber laufen, und meine Gedanken wanderten zu heißem Obstkuchen mit Eiscreme darauf, die an den Seiten herunterläuft.

Mama machte sich an den Teig und mischte mit flinker Hand Mehl und Backfett. Papa sagte immer, Mama sei ein Wirbelwind in der Küche, besonders im Sommer, wenn der Weizen reif ist und geerntet werden muß. Aber mir war klar, daß es nicht nur das Kochen für die Erntehelfer war, was Mamas Hände in Bewegung hielt. Sie hatte andere Dinge im Kopf. Wichtigere Dinge. Dinge, die sie dazu brachten zu seufzen und den Kopf zu schütteln und ihren älteren Bruder Axel anzurufen, um lange Gespräche auf norwegisch mit ihm zu führen, die niemand von uns verstand.

Ich hatte Angst, Mama könnte vielleicht nicht genügend Platz in ihrem Kopf haben für meine Frage. Ich irrte mich.

»Bitte«, sagte sie plötzlich. »Wegen der Liebe ...«

»Ja?« *Ja?*

Mama streichelte meine Wange. »Du wirst sie erkennen, wenn du sie siehst.« Sie lächelte liebevoll. Aber ich runzelte die Stirn und wurde so sauer wie der Rhabarber. Was war denn das für eine Antwort? *Du wirst sie erkennen, wenn du sie siehst.* Sollte das eine Antwort sein, Isabella? Das fand ich nicht.

Tschack! Tschack! Tschack! Ich hackte auf den Rhabarber ein, während Mama ruhig ihren Teig ausrollte. Als Jorgen und Papa zum Frühstück hereinkamen, standen bereits fünf Kuchen duftend im Ofen.

Mein Bruder und mein Vater waren schon draußen auf den Feldern gewesen. Mit seinen siebzehn Jahren war Jorgen alt genug für einen richtigen Job. Also hatte Papa ihn zum Vorarbeiter gemacht. Jorgen sollte in einem Jahr auf die Landwirtschaftsschule gehen. Immer wenn ich ihn nach der Liebe fragte, sah er verwirrt aus. Anscheinend liebte Jorgen nur den Weizen. »Er redet mit mir«, sagte er so oft, daß ich anfing, ihm zu glauben.

Als Mama die Eier schaumig schlug, goß ich mir eine halbe Tasse Kaffee ein und setzte mich mit Jorgen und Papa an den Tisch. Hatte Mama das bemerkt? Hoffentlich nicht. Mama fand, ich sei noch zu jung für Kaffee. Mama fand, ich sei für alles zu jung.

Jorgen tröpfelte Sahne in meine Tasse.

Ich fragte: »Was hat der Weizen heute gesagt?«

Er beugte sich vor. »Kannst du dir das nicht selber denken, kleine Bitte? Heute hat er gesagt, ›Heda. Komm her, Jorgen. Ernte mich und säe mich dann wieder aus.‹«

Ich nickte. Obwohl der Weizen noch nie mit mir gesprochen hatte, fand ich es ganz natürlich, daß Weizen so etwas sagen würde, besonders während der Erntezeit.

Mama kam an den Tisch und stellte einen Teller mit Eiern und Schinken vor Papa. Er drückte zum Dank ihren Arm. Da dachte ich an etwas, was Claire mir einmal gesagt hatte: »Wahre Liebe ist LEIDENSCHAFT, und zwar groß geschrieben.« Wenn das stimmte, Isabella, dann gab es zwischen Mama und Papa keine wahre Liebe. Für sie schien Liebe eher mit Essen zu tun zu haben als mit Leidenschaft.

Sobald Mama sich umdrehte, hob Papa den Deckel der Zuckerdose hoch. Er nahm einen gehäuften Löffel und hielt ihn über meinen Kaffee. Langsam kippte er ihn aus und ließ den Zucker wie süßen Schnee herunterrieseln.

Als der Löffel leer war, betrachtete ich Papas Gesicht. Die Veränderungen hatten es verschlossener gemacht. Sein Gesichtsausdruck hatte sich verhärtet, und auf seiner Stirn bildeten sich tiefe Furchen. Aber seine Fältchen hatte er noch, Isabella. Er hatte immer noch diese liebenswerten Lachfältchen um die Augen. Er lächelte mich an. Ich lächelte zurück. Ich finde, jeder Papa sollte solche Fältchen haben.

»Und du, Papa«, fragte ich. »Hat der Weizen auch mit dir gesprochen?«

»Natürlich«, sagte er. »Mir sagt er jeden Tag dasselbe. Er sagt: ›Ich mache einen reichen Mann aus dir.‹«

Jorgen und ich lachten darüber, weil die Landwirtschaft Papa bis jetzt nicht reich gemacht hatte. Aber sie hatte ihn glücklich gemacht. Deshalb wollte Jorgen auch Bauer werden und nicht ein Geschäftsmann im Anzug wie Mamas Bruder Axel.

»Reich!« Mama stimmte in das Gelächter ein, und die Sorgenfalten verschwanden kurz aus ihrem Gesicht. Auch Papa stimmte mit ein, und mit einem Mal entspannte sich sein Gesicht. Mama, Papa, Jorgen und ich lachten und lachten. Für einen kurzen Moment schien in der Küche unseres Bauernhauses alles in Ordnung zu sein.

Da hörten wir die schweren Schritte meiner Schwester. Kari schlief in dieser Zeit immer sehr lange.

Ich bemerkte, wie die Gesichter sich wieder veränderten. Das von Papa wurde verschlossen. Das von Mama wurde matt. Aber sie lächelten Kari an, und ihr Lächeln war echt, Isabella.

»Ich hab euch lachen gehört«, sagte Kari, und ihre Stimme klang müde. »Was war denn so lustig?«

»Reiche Bauern«, antwortete Jorgen.

»Aha.« Kari lachte höflich. Es war ein alter Witz, und außerdem hatten wir anderen schon aufgehört zu lachen.

Wir sahen zu, wie Kari in ihrem verwaschenen rosa

Bademantel langsam durch die Küche ging. Sie sah verschlafen aus, und ihre Augen waren geschwollen. Aber sie war hübsch. Kari war immer noch das hübscheste Mädchen der zehnten Klasse, sogar noch mit ihrem dicken Bauch, der sich unter ihrem Morgenmantel wölbte und die Kordel dehnte. Sogar noch mit ihrem watschelnden Gang.

Sie stützte die Hände in den Rücken und sank auf den Stuhl neben mir.

Ich weiß nicht, warum wir alle so still waren, Isabella. Unser Schweigen schien Kari in diesem Sommer zu verfolgen. Ich konnte dieses Schweigen nicht ertragen. »Kari«, platzte ich heraus, »spricht der Weizen mit dir?«

Sie warf mir einen kurzen Blick zu, als wäre es noch zu früh am Morgen für meine Spielchen. »Nein«, sagte sie leise. »Aber ich höre ihn trotzdem gerne. Du würdest wahrscheinlich sagen, er singt für mich.« Ihr hübsches Gesicht hellte sich ein wenig auf. »Ich kriege Lust zu tanzen, wenn ich ihn höre.«

Ich stellte mir vor, wie Kari mit dem schüchternen Angus durch die Weizenfelder tanzte. Ich will ehrlich sein, Isabella. Das andere, was sie getan hatten, konnte ich mir nicht vorstellen. Das, was die Sorgenfalten in Mamas Gesicht hervorgebracht hatte, und das Wunder, daß du im Bauch meiner Schwester heranwuchst.

Geheimnisse

Während die anderen frühstückten, rührte ich in meinem Kaffee und lächelte in mich hinein. Bald würde ich deine Tante sein, Isabella. Ich wollte genauso werden wie meine Tante Minna, Axels Frau. Minna und Axel waren alt, fünfzehn Jahre älter als Mama und Papa. Und trotzdem war mir Minna immer jung vorgekommen. Und sie war meine Lieblingstante.

Tante Minna. Tante Ich. Die Worte klangen wie Musik. Ich verschlang einen riesigen Bissen Spiegelei.

»Nicht so hastig, Bitte«, sagte Mama. »Und du, Kari, trink deinen Saft. Der ist gesund und tut dir gut. Dir und dem Baby. Ihr braucht beide viel Kraft.«

Mama umsorgte Kari schon seit einigen Monaten, massierte ihr nachts die Füße, massierte ihr morgens den Rücken, überredete sie zu essen, zu schlafen, Gymnastik zu machen. Ich bemerkte, daß diese Fürsorge Kari manchmal störte, aber sie versuchte, sich nichts anmerken zu lassen.

»Kari«, sagte Mama. »Du bist blaß. Ist alles in Ordnung?«

Kari zuckte die Achseln und setzte sich anders hin. »Ja, alles okay. Aber ich werde froh sein, wenn das Kleine endlich kommt.«

Ich aß noch einen Bissen, diesmal einen kleineren. Ich war auch froh, Isabella. Ich konnte es gar nicht abwarten, deine Tante zu werden. *Tante Bitte. Tante Ich.*

Ich blickte verstohlen auf Karis Bauch, der sich gegen den Frühstückstisch preßte, und dachte an die Nacht, als sie Mama und Papa von dir erzählt hatte. Ich war oben in meinem Zimmer und konnte durch die Öffnung zum Heizungsschacht alles hören. Ihre hitzigen Worte brannten in meinen Ohren.

»Ist es von Angus?« hatte Papa gefragt. »Ist Angus der Vater?«

Kari muß wohl genickt haben, weil Papa danach schwieg. Eine beängstigende Stille. Ein lautloses Brüllen.

Mir war, als hörte ich Mama weinen, und das kam nicht sehr oft vor. »So jung«, sagte sie. »So jung.«

Mama war fast doppelt so alt gewesen wie Kari, als sie Kinder bekam. Und ihre Mutter war bei Mamas Geburt sogar noch älter gewesen. »Ich kam fünfzehn Jahre später auf die Welt als mein Bruder«, hatte Mama mir erzählt. »Ich war ein unerwarteter Segen.«

Du warst auch ein unerwarteter Segen, Isabella. Das war mein allererster Gedanke. Aber Mama dachte zuallererst an Kari. »Was soll aus dir werden?«

Ich hörte die Antwort nicht. Vielleicht wußte Kari keine Antwort. Aber ich wußte eine. Eine kleine Stadt kann sehr grausam zu einem unverheirateten Mädchen sein, das ein Kind bekommt, Isabella. Ich wußte das. Aber die wirkliche Welt hatte Kari noch nie Schwierigkeiten gemacht. Ihr Leben war mir immer wie ein Märchen vorgekommen. Sie war hübsch. Sie war glücklich. Sie schaffte alles, was sie sich in den Kopf gesetzt hatte. Sie hatte viele Freunde. Und Angus. Mit Angus erlebte sie Leidenschaft. Und jetzt bekam sie ein süßes kleines Mädchen. Das heißt, eigentlich wußte niemand, ob du ein Mädchen sein würdest oder nicht. Aber ich hoffte es so sehr. Bald würdest du auf die Welt kommen, Isabella. Warum sollte Karis Märchen dann nicht weitergehen? Warum waren die Stimmen, die aus dem Heizungsventilator zu mir heraufdrangen, so sorgenvoll?

Am nächsten Morgen, als Mama mir ihre Version der Neuigkeiten erzählte, sprach sie mit kühler und gedämpfter Stimme und bemühte sich, ihre Besorgnis nicht durchklingen zu lassen. Aber sie war da. Unsichtbar, aber doch sichtbar. Wie aufsteigende Hitzewellen.

Danach fingen die Geheimnisse an. Die Monate vergingen, und ich bekam zufällig gedämpfte Unterhaltungen mit, die bis tief in die Nacht hinein andauerten. Lange Gespräche zwischen Kari und Mama. Lange Gespräche zwischen Papa und Mama. Und Schweigen, lauter als Worte, zwischen Jorgen und Papa.

Sie hatten Geheimnisse. Aber sie erzählten sie mir nicht.

»Frag sie doch!« drängte Claire. »Du mußt herausfinden, was los ist.«

Claire konnte in ihrer Familie Fragen stellen und bekam auch Antworten. Ich stellte Fragen und kam nicht weiter. *Du bist zu jung, um das zu verstehen. Wir erklären dir das, wenn es soweit ist. Das wirst du noch früh genug erfahren.*

Als ich Claire erzählte, daß ich langsam wegen der Geheimnisse unruhig wurde, sagte sie: »Mach dir keine Sorgen. Es wird alles wieder gut werden mit Kari und Angus, genau wie in den Zeitschriften.«

Eine Welt, wo Milch und Honig fließt, so nannte es Claire.

Milch und Honig, dachte ich und starrte in meinen Kaffee, den ich mit Sahne und Zucker süß und hell gemacht hatte. Ich wollte gerade daran nippen, aber Mama paßte wie immer gut auf.

»Überstürz es nicht mit dem Erwachsenwerden«, sagte sie in diesen Tagen und Monaten zu mir, in denen du in Karis Bauch immer größer und kräftiger wurdest. »Warum hast du es so eilig, Bitte Liten?«

Ich war nicht mehr die kleine Bitte. Ich hatte meine Träume von der Liebe. Ich hatte meinen jämmerlichen ersten Kuß erlebt. Ich hatte meine Erinnerungen an Robert McCormicks Nasenlöcher. Ich seufzte bei dem Gedanken daran – diese riesigen Nasenlöcher, rund und dunkel, mit kleinen Härchen darin. Ich seufzte noch einmal und dachte, was LEIDENSCHAFT, ganz groß geschrieben, doch für eine Enttäuschung war.

»Ist irgendwas nicht in Ordnung, Bitte?« fragte Mama.

Ich schüttelte den Kopf. Mama würde es nicht gefallen, wenn ich ihr von meinem Kuß erzählte, jämmerlich oder nicht. »Nein, alles okay«, sagte ich.

»Das ist gut.« Mama klopfte mir freundschaftlich auf die Schulter. Sie nahm meine Kaffeetasse, bevor ich auch nur den kleinsten Schluck hatte probieren können. Und dann schüttete sie die sahnige Süße, wie fast jeden zweiten Tag auf dem Bauernhof, ins Spülbecken und stellte mir statt dessen ein Glas Milch hin.

Ich seufzte jetzt noch lauter als vorher. Ich wollte keine Frau werden wie Claire, aber ich hatte es satt, immer für alles zu jung zu sein. Ich hatte es satt, von allem ausgeschlossen zu werden.

Ich trank die Milch in kleinen Schlückchen und dachte an Minna. Sie hätte mir erlaubt, Kaffee mit Sahne zu trinken. Sie hätte mir von der Liebe erzählt und von Kari und von der Zukunft. Bei Minna hatte ich immer dazugehört. Kein Wunder, daß sie meine Lieblingstante war. Minna hätte keine Geheimnisse vor mir gehabt.

Mir wurde klar, daß das der Grund war, warum es Lieblingstanten gab. In diesem Moment legte ich ein Gelübde ab, Isabella, einen heiligen Schwur, daß ich dir alle Geheimnisse verraten würde, von denen ich je erfahren sollte.

Du mußt vor Freude einen Hüpfer gemacht haben, denn Kari schnappte nach Luft und lehnte sich zurück.

»Ist es soweit?« fragte ich. »Kommt das Baby?«

Kari atmete geräuschvoll aus. Sie schüttelte den Kopf. »Nein, es dauert noch mindestens einen Monat, hat der Doktor gesagt.«

»Und dann ist es vorbei«, beruhigte Mama sie.

Vorbei? Ich fand es eigenartig, so etwas zu sagen. Denn eigentlich würde dann erst alles richtig anfangen. Karis neues Leben. Ihre märchenhafte Zukunft.

Im Herbst sollte sie in die elfte Klasse kommen. Eine Schülerin der elften Klasse mit einem Kind und einem Mann. Ich hatte den schüchternen Angus eine ganze Weile nicht gesehen, aber ich spürte, daß er Papas finsterem Gesicht und Jorgens geballten Fäusten aus dem Weg ging. Ich war überzeugt, daß alles anders würde, wenn Kari und Angus erst verheiratet waren.

Claire und ich sprachen einige Tage später darüber, als wir auf unserer Veranda saßen und Limonade tranken. Das war eine unserer Lieblingsbeschäftigungen, Isabella, für dich, Kari und Angus Zukunftspläne zu schmieden.

»Du mußt unbedingt herausfinden, wann sie heiraten«, verlangte Claire. »Vielleicht können wir bei der Hochzeit mitmachen.« Claire saß im Schneidersitz auf der Veranda und blätterte in einer Brautzeitschrift, die sie am Morgen gekauft hatte. Bei einem Foto von Brautjungfern hielt sie inne. »In mauve sehe ich toll aus«, sagte sie.

Ich lehnte mich vor, um zu sehen, was »mauve« war. Ein großer klebriger Tropfen meiner Limonade fiel auf das glänzende Papier.

Claire runzelte die Stirn.

»Ich glaube, Kari und Angus heiraten, wenn das Baby da ist«, sagte ich zu ihr.

Claire hob die Augenbrauen.

Ich wußte, was sie dachte. So machte man das normalerweise nicht, besonders nicht in unserer kleinen Stadt.

»Es wird niemanden stören«, sagte ich bestimmt.

»Natürlich nicht.« Claire betupfte den nassen Fleck auf der Seite mit den Brautjungfern. »Sie werden heiraten und in ihr Traumhaus ziehen«, sagte sie eifrig.

Wir sprachen mit wachsender Begeisterung über euer Traumhaus, Isabella. Wir hatten schon beschlossen, daß es ein kleines Haus sein würde, weil Angus als Aushilfe im Supermarkt nicht viel Geld verdiente und für die ganze Arbeit, die er auf dem Bauernhof seiner Familie erledigte, überhaupt nichts bekam. Es würde also ein kleines, wunderschönes Haus sein.

»Es bleibt aber bei dem weißen Lattenzaun um das Haus herum, einverstanden?« sagte Claire.

»Ja«, antwortete ich, »und bei der rosenumrankten Pergola wie auf dem Umschlag dieses Buches, das wir gesehen haben.«

»Rote oder rosa Rosen?« fragte Claire wie jedesmal.

»Vielleicht beides«, sagte ich wie jedesmal. »Das Haus hat eine Pergola, die ist weiß gestrichen, damit sie zum Zaun paßt und ...« Wir erfanden jedesmal etwas Neues, Isabella. »... und ... der Duft von Rosinenplätzchen weht aus dem Küchenfenster.«

»Und ...«, sagte Claire, »wir beide werden babysitten, damit Kari und Angus händchenhaltend unter der Pergola entlanggehen, nein, entlangspazieren können.«

Ich trank meine Limonade aus. »Sie werden zwar arm sein, aber glücklich. Glaubst du auch?«

»Hmmmmmmm.« Claire schloß die Augen. »Das ist wahnsinnig romantisch. ROMANTISCH, ganz groß geschrieben. Ich bin aber doch froh, daß es nicht *meine* Schwester ist.«

Ich sprang auf. Ich konnte nicht mehr stillsitzen, Isabella. Mußt du auch manchmal deinen Körper vor deinen Gedanken in Sicherheit bringen? Ich streckte Arme und Beine. »Komm, Claire, wollen wir Ball spielen?«

Claire rümpfte die Nase. »Nee, danke. Ich hab was zu tun.« Sie nahm ihr Hochzeitsmagazin und ging nach Hause, um sich die Fingernägel anzumalen oder sich die Haare aufzudrehen oder sonst irgendwelche »typischen Frauensachen« zu machen.

Ich ging in den Garten hinter dem Haus. Mama kniete auf der Erde und jätete Unkraut, und Kari saß im Gras mit dem Gesicht zur Sonne. Mein Schatten fiel auf sie. Kari sah mit einem traurigen Lächeln zu mir hoch. Ich wollte es in ein fröhliches Lächeln verwandeln.

Hochzeitsgespräche waren fröhliche Gespräche, dachte ich immer. Die Bräute in Claires Zeitungen sahen fröhlich aus. Ihre Mütter sahen fröhlich aus. Ihre Väter, Schwestern und Brüder umarmten sich alle in den Zeitungen und lachten. Also fragte ich: »Kari, wenn du und Angus heiratet, wird das dann eine große Hochzeit oder eine kleine?«

Kari machte große Augen. »Hochzeit?« flüsterte sie. Sie sah nicht wie eine glückliche Braut aus.

»Ja, Hochzeit«, sagte ich. »Verstehst du, Hoch ...«

»Reicht schon, Bitte. Ich hab's schon beim erstenmal verstanden.« Sie malte winzige Herzen in den Staub. »Ich bin noch nicht soweit. Ich kann das nicht. Noch nicht.«

»Wann denn?«

Kari fuhr leicht mit der Handfläche über den Staub und wischte die Herzen weg. Sie sah mich nicht an. »Nie. Nicht mit Angus. Es würde nicht halten.«

»Nicht halten?« Das klang überhaupt nicht nach der Kari, die ich kannte. Ich blickte zu Mama hinüber. War sie genauso schockiert wie ich? Nein, Isabella, sie sah überhaupt nicht so aus, als würde sie sich über Karis Worte wundern.

Schließlich sah Kari mich an. »Ich kann Angus nicht heiraten, Bitte. Außerdem ... will ich das gar nicht. Ich bin zu jung dazu. Viel zu jung.«

Zu jung? Ich dachte, ich sei die, die immer zu jung war. Ich versuchte es, aber ich begriff Karis Worte einfach nicht. Sie paßten nicht zu meinen märchenhaften Vorstellungen. Und was würde Claire sagen?

Mir wurde ganz schwindlig.

Keine Hochzeit.

Das war das erste Geheimnis.

Noch mehr Geheimnisse

Ich sah zu, wie Kari im Garten saß und Erde durch ihre Finger rieseln ließ. Sie war sich ganz sicher mit ihrer Entscheidung, Angus nicht zu heiraten. Das merkte ich. Als sie mir sagte, sie sei zu jung zum Heiraten, war sie wirklich davon überzeugt. Angus zu heiraten war nichts, was Mama ihr weggenommen hatte wie eine Tasse mit sahnigem süßen Kaffee.

Nein, Isabella, so war das ganz und gar nicht.

»Ich denke, es gibt Leute, die damit klarkommen, mit fünfzehn verheiratet zu sein«, sagte Kari. »Aber ich gehöre nicht dazu. Ich weiß das ganz genau, Bitte.« Ihr Blick folgte einer Biene, die zwischen den Kürbisblüten hin und her summte.

Obwohl sich die Sonne warm anfühlte, prickelte meine Haut, und ich bekam eine Gänsehaut. Da gab es noch ein Geheimnis, Isabella. Fast konnte ich es in der Luft des Gartens riechen. Ich ging auf die Hintertür zu. Noch einem Geheimnis fühlte ich mich nicht gewachsen.

»Wo gehst du hin?« rief Mama.

»Ich hab was zu tun«, rief ich über die Schulter zurück.

»Bitte!« Kari tat sich schwer mit dem Aufstehen. »Warte!« Aber das Zuschlagen der Tür schnitt ihr das Wort ab.

Ich stieg die Treppe hoch zu meinem Zimmer und fragte mich die ganze Zeit, was Claire zu der Neuigkeit sagen würde: Keine Hochzeit. Wahrscheinlich würde sie sagen, daß das Leben, für das Kari sich entschieden hatte, sogar noch ROMANTISCHER sei, weil sie dann noch mehr würde kämpfen müssen.

Kari wußte bereits, was kämpfen bedeutet, Isabella.

Sie hatte ihr zehntes Schuljahr am Gymnasium verbracht, während ihr Baby sieben Monate lang unter ihrer Schulkleidung im Bauch heranwuchs. Es gab Getuschel. Es wurden Witze gerissen. Du wirst es noch erfahren, Isabella, daß es Leute gibt, die so etwas machen.

Kari hatte versucht, sie zu ignorieren. Sie hatte gut auf sich aufgepaßt, um deinetwillen. Sie hatte um ihrer selbst willen viel gebüffelt. Mama und Papa und Jorgen und ich, wir alle waren stolz auf sie.

Als Claire und ich unsere Zeugnisse ansahen, standen nur mittelmäßige Noten darin. »Aber Kari hat lauter Einsen«, prahlte ich.

»Ach!« sagte Claire. »Ich wette, sie hat eine Eins plus in Sexualkunde!«

Ich drehte Claire an diesem Tag so heftig den Arm um, daß sie einen riesigen blauen Fleck bekam. Er wurde dunkellila und häßlich und war noch nach einer Woche zu sehen. Das war mir nur recht. Schließlich hätte ich von meiner besten Freundin nicht erwartet, daß sie über meine Schwester herzog.

Aber ich hatte gelernt, es von anderen Leuten zu erwarten. Sie sagten: »Bitte, ich habe gehört, daß deine Schwester ein Kind erwartet.« Und dann machten sie große Augen und sprachen hinter vorgehaltener Hand. »Stimmt das? Deine Schwester wird *Mutter*?« Ich hatte für ihre Fragen nur Achselzucken übrig. Wen ging das eigentlich was an? Die jedenfalls nicht. Aber ich war ein wenig enttäuscht darüber, daß niemand sagte: »Bitte, ich habe gehört, daß du *Tante* wirst. Stimmt das?« Ich hätte dann geantwortet: »Ja! Es stimmt wirklich.«

Von dem Moment an, wo die Neuigkeiten durch den Heizungsschacht bis zu mir heraufgedrungen waren, hatte ich Pläne für uns geschmiedet. Es gab so viel, worauf wir uns freuen konnten, Isabella. Ich würde deine Tante sein und du meine kleine Nichte und wir würden uns liebhaben. Genau wie Minna und ich.

Minna. Meine Lieblingstante. Als ich zwölf wurde, hatte sie bereits ein ganzes Fotoalbum mit Bildern von uns beiden vollgeklebt: Minna, wie sie eine winzige, blinzelnde Bitte in die Sonne hält; eine etwas größere Bitte, wie sie auf Minnas Küchentheke sitzt und einen hölzernen Kochlöffel über einer Schüssel mit Rosinenplätzchenteig schwenkt; unsere Umrisse – einer klein, einer groß –, wie wir am Ufer des Sees sitzen, uns Geschichten erzählen und unter dem Nachthimmel Marshmallows rösten. Diese Fotos und noch viele andere waren sorgfältig in Minnas Album eingeklebt.

Als ich in mein Zimmer kam, sah ich das letzte Bild von uns beiden auf der Kommode stehen. Axel hatte es vor ein paar Monaten in einem Brief mitgeschickt. Ich nahm es und sah es mir genau an. Wir standen neben ihren Rosenbüschen, Minna starrte in die Kamera, und eine schreckliche Frage stand in ihren Augen. Aber was beunruhigte sie? fragte ich mich. Seit ihrem letzten Geburtstag wußte Minna keine Antworten mehr auf die Fragen Wer, Was, Wo, Wann, Warum. »Das kann in unserem Alter manchmal vorkommen«, hatte Axel geschrieben. Minna war aus dem Häuschen am See ausgezogen, kurz nachdem dieses Foto entstanden war. »In ein Heim für Leute, die alles vergessen«, hatte Axel geschrieben. Seitdem hatte ich sie nicht mehr gesehen. Seit ihre späten Rosen geblüht hatten. »Zur Erinnerung an glückliche Zeiten«, hatte Axel geschrieben.

Ich stellte das Foto wieder auf die Kommode. Ich brauchte überhaupt keine Bilder, um mich an die schöne Zeit zu erinnern, die wir zusammen verbracht hatten. Mit Lachen, mit Liebhaben, mit Nachdenken. Ich brannte darauf, diese Dinge auch mit dir zu machen, Isabella.

Tante Ich. Tante Ich. Vielleicht würde Kari nicht die Frau des schüchternen Angus werden. Vielleicht würden sie keine märchenhafte Zukunft haben. Vielleicht würden die drei nicht in dem kleinen Haus mit der rosenumrankten Pergola wohnen und dem Duft von Rosinenplätzchen, der aus der Küchentür wehte.

»Aber ich werde immer noch Tante Ich sein.« Diese Worte sagte ich laut.

»Hast du was gesagt?« Kari stand in der Tür zu meinem Zimmer und hielt eine flache weiße Schachtel in der Hand.

Ich schüttelte den Kopf.

»Kann ich reinkommen?« fragte Kari.

Ich nickte zögernd. Wir saßen auf meinem Bett, die Schachtel lag zwischen uns.

»So«, sagte ich. »Du bist dann also eine alleinerziehende Mutter.«

Kari sah verwirrt aus. Sie fragte sich wahrscheinlich, woher ich über solche Sachen Bescheid wußte. Ich hatte darüber in Claires Zeitschriften gelesen.

»Wie willst du das dann machen?« fragte ich. »Wohnst du weiter zu Hause?« Eine kleine, hoffnungsvolle Seifenblase nahm in meinem Kopf Gestalt an.

Wir beide zusammen, Isabella. Zusammen in der Küche. Zusammen in den Weizenfeldern. Sogar noch näher zusammen als Minna und ich es je waren.

Kari nickte. »Ich werde zu Hause wohnen bleiben, aber ...«

»Wegen Platz brauchst du dir keine Sorgen zu machen«, sagte ich. »Ich kann mein Zimmer gerne mit dem Baby teilen.«

»Das ist wirklich lieb von dir«, sagte Kari. Sie strich sich mit der Hand über den Bauch, sie streichelte dich, Isabella. »Dieses Baby verdient das Allerbeste.«

»Ja, das Allerallerbeste«, sagte ich und malte mir schon aus, daß ich dein Kinderbett ans Fenster stellen würde, damit die Morgensonne darauf scheinen konnte.

Karis Entscheidung, nicht zu heiraten, kam mir plötzlich wie eine ziemlich gute Idee vor. Ohne Angus, ohne einen Mann, würde Kari meine Hilfe brauchen. Ich würde also noch mehr Zeit mit dir verbringen, Isabella.

»Bitte, ich hab dir erzählt, daß ich zu jung zum Heiraten bin.« Kari sah mich mit ihren sanften blauen Augen an. »Und ich bin auch zu jung, eine alleinerziehende Mutter zu sein.« Kari streichelte dich wieder durch ihr Umstandskleid hindurch. »Ich glaube, ich würde das nicht sehr gut machen. Und es ist sehr wichtig, daß man das richtig gut macht.«

»Du bist einfach müde, Kari«, beruhigte ich sie und versuchte, wie Mama zu klingen. »Wenn das Baby da ist, dann helfe ich dir. Du schaffst das schon, Kari. Mit Sicherheit.« Kari hatte doch bisher immer alles geschafft, was sie sich in den Kopf gesetzt hatte.

Kari schüttelte den Kopf. »Nein, Bitte. Ich schaffe das nicht.« Sie faßte mich am Arm. »Ich habe ein schönes Zuhause für mein Kind gefunden.«

Ein Zuhause für mein Kind. *Ein Zuhause für mein Kind?* Mich fröstelte, eisige Kälte breitete sich in mir aus. Bei all dem Pläneschmieden war mir nie der Gedanke gekommen, daß Kari vielleicht etwas ganz anderes vorhatte.

Oder doch?

Vielleicht doch? Ich war erschüttert, Isabella, aber hatte ich nicht schon die ganze Zeit etwas geahnt? Hatte ich diese Gedanken nicht weggewischt, so wie Kari ihre in Staub gemalten Herzen weggewischt hatte? Wieder überlief mich ein Schauer. Vor meinem inneren Auge tauchte das nach Rosinenplätzchen duftende Traumhaus mit der Pergola auf und löste sich dann langsam auf. »Ein Zuhause?« fragte ich matt.

»Ja, ein Zuhause«, sagte Kari. »Ein schönes Haus. Zwei ...«

»Moment mal«, unterbrach ich sie. »Ich habe verstanden. Natürlich hast du ein schönes Zuhause gefunden. *Unser* Haus.«

Kari schüttelte den Kopf.

Also nicht unser Haus.

»Warum hast du mir das nicht früher gesagt?« fragte ich schließlich. Warum hatte Kari mir nicht Bescheid gesagt, bevor ich angefangen hatte, von einem Leben für uns zu träumen, Isabella? Ich gehörte doch auch zur Familie. Ich war schließlich die Tante.

Kari seufzte. »Ehrlich gesagt, Mama fand, du bist zu jung, um das zu begreifen.«

Ich schluckte, denn Mama lag damit gar nicht so falsch. Ich begriff das tatsächlich nicht. Ich starrte meine Schwester an und versuchte zu erraten, was sie dachte und fühlte. »Du hast gesagt, du willst das Beste für dein Kind, aber es klingt eher so, als wolltest du die Kleine weggeben. Es klingt, als wolltest du sie zu *fremden* Leuten geben.«

Kari wurde knallrot, als habe sie jemand erst auf die eine und dann auf die andere Wange geschlagen. Aber sie wich meinem Blick nicht aus und sagte: »Alle Eltern sind am Anfang Fremde. Alle Eltern und Kinder müssen sich erst einmal kennenlernen. Außerdem sind diese Leute keine Fremden in dem Sinn, wie du es meinst. Ich habe sie selbst ausgesucht.«

»Du hast sie ausgesucht?« fragte ich. Das war nicht üblich, Isabella. Nicht zu dieser Zeit. Nicht in unserer Stadt. »Wann hast du sie ausgesucht?« wollte ich wissen. »Wie hast du sie ausgesucht?«

»Ich habe darüber nachgedacht, was für ein Leben ich mir für das Kind vorstelle, für sie oder ihn«, sagte Kari. »Wir haben dann einen Rechtsanwalt gefunden. Endlich. Es hat ewig gedauert, bis ich einen gefunden hatte, der mir dabei helfen konnte, es so zu machen, wie ich es wollte. So daß ich auf das, was passierte, Einfluß nehmen konnte. Er hat mir wirklich zugehört, und dann hat er mir Bilder von Familien gezeigt.« Kari öffnete die flache weiße Schachtel und zog ein Fotoalbum heraus. Sie schlug die erste Seite auf und deutete auf ein Ehepaar, das nicht so jung wie Kari und Angus war und nicht so alt wie Mama und Papa. »Das ist das Ehepaar, das ich ausgesucht habe«, sagte sie ruhig. »Das Fotoalbum erzählt einiges von ihnen. Und letzte Woche hab ich sie kennengelernt, zusammen mit Mama und Papa.«

»Du hast sie kennengelernt?« Ich machte ganz große Augen.

»Ich mußte das tun. Ich mußte sie selbst sehen.«

Ich traute meinen Ohren nicht, Isabella. All das hatte sich hinter meinem Rücken abgespielt. Claire hatte sich geirrt. Ich hatte recht gehabt, als ich mir Sorgen über die Geheimnistuerei machte.

»Schau mal«, sagte Kari. »Das ist ihr Haus. Und hier: Zwei Katzen, beide haben eine auf dem Schoß.«

Ich sah die Bilder an, Isabella. Mehr nicht. Diese Leute waren nicht echt. Ihre Katzen waren nicht echt. Ich schloß die Augen ganz fest. Ich dachte an das Fotoalbum für dich und mich, voller Erinnerungen an die Dinge, die ich mit dir zusammen tun wollte. Zuerst quollen lautlose Tränen unter meinen geschlossenen Lidern hervor, dann wurde mein Weinen lauter, und Kari bemerkte es, und schließlich lag ich weinend in ihren Armen.

Dann schob ich sie von mir weg. »Niemand hat mir etwas gesagt«, sagte ich nochmals vorwurfsvoll. »Warum nicht?«

Kari schloß das Fotoalbum. »Wir wollten damit warten, bis alles geregelt ist.«

Geregelt, Isabella. Karis Zukunft und deine. Und auch meine, denn es würde keine Tante Ich geben.

Kari legte das Album auf mein Kopfkissen. »Ich habe auch Träume gehabt, Bitte, von Angus und dem Baby. Ich habe davon geträumt, daß wir alle zusammenleben. Aber das waren eben nur Träume. Ich mußte aufhören zu träumen und statt dessen die Zukunft für mein Kind planen.«

Träume? Zukunftspläne? Und was war mit *meinen* Träumen und Zukunftsplänen? Hatte eigentlich irgend jemand an mich gedacht? Nein, niemand. Ich konnte nicht mehr zuhören. Ich hielt mir die Ohren zu. Ich fing sogar an, etwas zu summen, Isabella. War das nicht kindisch? Es war mir egal.

Ich wandte mich von Kari ab. Ich wandte mich dem Fenster meines Zimmers zu, wo dein Kinderbettchen hatte stehen sollen. Der Weizen überzog die Felder. Ich bildete mir ein, die Ähren rascheln zu hören. Schschsch, als ob eine leichte Brise über sie hinwegstrich. Ich dachte, daß der Weizen vielleicht auch mit mir sprechen würde, wie er es mit meinem Bruder Jorgen tat. Ich nahm die Hände wieder von den Ohren.

»Schsch.« Es war nicht der Weizen, der gesprochen hatte. Es war Mama, sie stand in der Tür. »Sei still. Hör auf zu summen und hör zu.«

»Es war nicht leicht«, sagte Kari. »Ich mußte entscheiden, was das Beste für diesen kleinen Menschen sein würde. Und die beste Möglichkeit scheint...«

Ich wußte, was jetzt kam, Isabella, und ich wollte es nicht hören. »Sag es nicht«, flehte ich sie an. »Sprich dieses Wort nicht aus.«

Kari lehnte sich zu mir hinüber. »Es ist kein schlechtes Wort, Bitte.« Und dann flüsterte sie es, ganz, ganz leise.

Wenn nur . . .

Ich starrte auf den großen Spiegel an der Wand meines Zimmers. Mama und Kari waren darin zu sehen, und ich stand ein bißchen abseits. Kari hatte mir gerade erzählt, was sie mit dir vorhatte. *Wenn nur*, dachte ich. Wenn nur Kari und Angus schon ein wenig älter wären. Wenn nur Kari mir das alles früher gesagt hätte. Wenn sie doch nur dieses Wort nicht geflüstert hätte und damit alles wahr gemacht hätte.

Adoption.

Wenn nur Minna da wäre, dachte ich. Sie wüßte, was jetzt zu tun wäre. Wenn nur Minna nicht weggegangen wäre.

Wenn-Nurs können die Dinge auch nicht ändern, Isabella. *Wenn nur* sagt man, wenn es keine Hoffnung mehr gibt. Aber so fühlte ich mich: hoffnungslos. Hoffnungslos und hilflos.

»Wenn du dein Kind richtig lieben würdest, dann würdest du so was nicht machen«, sagte ich.

»Bitte!« sagte Mama scharf.

»Ist schon in Ordnung, Mama.« Kari sah mich ernst

an, ernster als ich es je gesehen hatte. »Du irrst dich, Bitte. Ich liebe das Kind.«

Ich blinzelte. Liebe? Das war nicht die Liebe, von der in Claires Zeitschriften die Rede war. Wie war das mit dem Festhalten? Und niemals Loslassen? Ich wollte sie fragen, aber Kari brachte mich mit ihrem ernsten Blick zum Schweigen.

Am Abend quälten mich diese Fragen noch immer. Ich fand Kari in ihrem Zimmer, sie saß an der Nähmaschine. Ich setzte mich neben sie und sah zu, wie sie die letzte Naht auf deiner Babydecke anbrachte. Ich war ein Teil dieser Decke, Isabella. Ich hatte ein Stück von meiner eigenen Babydecke gegeben und zu den übrigen Stoffresten getan, die wir gesammelt hatten. Dann hatten Mama und Kari die Flicken zusammengefügt. Was vorher ein Gemisch aus Farben und Formen war, paßte jetzt perfekt zueinander und bildete ein Muster, in dem jedes Teil genau an der richtigen, zu ihm passenden Stelle saß.

Ich hatte mir vorgestellt, die Decke würde auf dem Kinderbettchen liegen, unter dem Fenster meines Zimmers. Jetzt wußte ich nicht mehr, was ich denken sollte. »Sie ist schön, Kari«, sagte ich. »Aber was willst du damit machen?«

Kari lächelte. »Ich gebe sie dem Baby. Ich möchte, daß es etwas von mir hat. Von uns. Etwas Besonderes.«

Ich räusperte mich. »Aber ich wünschte ...«

»Ich auch«, sagte Kari, sie hatte meine Gedanken erraten. Sie drückte die Decke an sich. Dann legte sie die

Kanten übereinander und führte sie vorsichtig durch die Nähmaschine. Minna hatte uns beiden Nähen beigebracht, und Kari war sehr gut darin. Trotzdem starrte ich meine Schwester an. Wie konnte sie nur so ruhig sein? War ihr das alles egal?

Die Nähmaschine summte. Plötzlich erfüllte das Klappern einer leeren Spule die Luft. Kari stöhnte. Sie drehte die Nadel hoch und zog die Decke aus der Maschine. »Sieh nur, was ich gemacht habe!«

Ein Faden hatte sich verheddert und warf Schlingen an der Naht entlang.

»Ach, das macht nichts«, log ich.

»Doch!« Kari vergrub ihr Gesicht in dem Stoff. »Das kriege ich nie wieder hin.«

Ich sah zu, wie meine Schwester weinte, Isabella. Ich weiß nicht, woher oder warum, aber ich wußte, daß es das einzig Richtige war, Kari in deine Decke weinen zu lassen, sie einige ihrer Tränen vergießen zu lassen, so daß sie nicht mehr so viele mit sich herumtragen mußte. Als sie schließlich den Kopf hob, waren nasse Spuren auf dem Stoff. Ihre Tränen waren ein Teil des Musters geworden.

Ich war gekommen, um etwas zu fragen, aber jetzt war nicht die richtige Zeit dafür. Statt dessen streckte ich die Hand aus. Kari reichte mir die Decke. Ich lockerte die Fäden und zog sie heraus, so wie Minna es mir beigebracht hatte. Als ich ihr die Decke zurückgab, waren die verhedderten Fäden verschwunden und Karis Tränen getrocknet.

Bei der nächsten Naht verlief alles glatt. Wenn es dir niemand gesagt hätte, Isabella, dann könntest du nicht erkennen, wieviel Kraft auf diese Naht verwendet worden war.

Als sie fertig war, breiteten Kari und ich die Decke zwischen uns aus. Im gelblichen Schein ihrer Zimmerlampe banden wir das Baumwollfutter mit vierundzwanzig winzigen Schleifen fest.

»Minna wäre stolz auf uns«, sagte ich.

Kari nickte. Sie schien jetzt ruhig, seit sie mit dem Nähen fertig war. »Ich bin immer gern zu Minna und Axel gefahren.«

»Ich auch.«

Kari kicherte. »Weißt du noch, wie du dir eine Mäusefamilie ausgedacht hast?«

»Minna nannte sie die imaginäre Mäusefamilie: Mutter Maus, Vater Maus, und die klitzekleine ...« Ich brach ab.

»Babymaus«, sagte Kari. Wir verstummten beide.

»Du kannst es dir ja immer noch anders überlegen«, platzte ich heraus. »Nicht wahr? Ich meine, wenn nur ...« Wenn nur *was*, das wußte ich auch nicht.

Kari sah den Flicken an, der von ihrer eigenen Babydecke stammte. Sie strich sanft mit der Hand darüber. »Ich hab schon mit so vielen Leuten darüber gesprochen.«

»Aber ich habe von nichts gewußt«, sagte ich. Mit mir hatte sie nicht darüber gesprochen.

»Ich habe ihnen allen zugehört, Bitte. Ich habe mich

sogar mit einigen von ihnen gestritten, weil ich das tun wollte, was mir das Richtige zu sein schien. Ich konnte einfach den Gedanken nicht ertragen, nicht zu wissen, wohin mein Kind kommt.« Karis Blick verfinsterte sich und wurde trotzig. Dann hellte ihr Gesicht sich auf. »Hast du dir das Fotoalbum angeschaut? Ich habe doch die richtigen Eltern ausgesucht, oder?«

Ich schüttelte den Kopf. »Du und Angus, ihr seid die richtigen Eltern.«

»Es gehört mehr dazu, gute Eltern zu sein, als nur ein Kind zu machen.«

Ich verdrehte die Augen. Kari redete wie eine Erwachsene, wie all diese Leute, mit denen sie gesprochen hatte, außer mit mir. »Weißt du, was ich glaube?« fragte ich. »Ich glaube, wenn du es wirklich wolltest, dann könntest du es auch schaffen.«

Kari sprach leise. »Weißt du, was ich glaube, Bitte? Ich glaube, du lebst immer noch in deiner Traumwelt.«

Ich stand auf und ließ die Decke auf den Boden fallen. Wir hatten soviel Spaß zusammen gehabt, Isabella. Warum mußte Kari alles verderben? »Ich will auch lieber in meiner Welt leben als in deiner«, schrie ich. Ich rannte aus Karis Zimmer und stieß vor der Tür mit Mama zusammen.

Ich habe nicht mal Entschuldigung zu Mama gesagt. Ich bin mir ganz sicher, daß sie an der Tür gelauscht hat. Beinahe hätte ich sie umgerannt, aber das geschah ihr doch recht, Isabella, findest du nicht? Schließlich hatte sie gelauscht.

Ich schlief in dieser Nacht schlecht, ich mußte immer daran denken, daß meine Familie das alles vor mir geheimgehalten hatte. Ich weinte in mein Kissen, dann warf ich es quer durch das Zimmer auf den Boden. Ich wollte nicht aufhören, für dich ein Leben wie im Märchen zu erträumen, Isabella.

Am nächsten Tag überlegte ich mir einen Plan fürs Babysitten. Wenn die Schule wieder anfing, würde ich in der großen Pause immer nach Hause kommen, und nach der Schule würde ich Kari ablösen, damit sie lernen konnte. Ich fand, daß ich ihr damit wirklich bewies, daß ich ihr helfen konnte, aber als ich Kari meinen Plan zeigte, lachte sie. *Sie lachte.*

Mama lachte nicht, als sie davon erfuhr. Sie nahm mich bei den Schultern. »Kari hat sich entschieden«, sagte sie. »Es war eine schwere Entscheidung, schwer für uns alle. Wir müssen sie darin bestärken, daß sie das einzig Richtige getan hat. Also keine Diskussionen mehr, Bitte. Ich warne dich. Es reicht.«

Es reichte noch nicht. Mir jedenfalls nicht. Als Claire und ich einige Tage später einkaufen gingen, entdeckten wir im Schaufenster eines Geschäftes mit Umstandsmoden ein winziges T-Shirt, auf dem vorn auf der Brust die Worte *Ich hab dich lieb, Mami* standen.

»Wenn das nicht wirkt, dann wirkt gar nichts mehr«, sagte Claire. Sie zog mich in das Geschäft.

Ich kaufte das T-Shirt und legte es Kari aufs Bett. Es sah so klein und niedlich aus, daß es Kari bestimmt umstimmen würde.

Aber Kari bekam das T-Shirt nie zu sehen. Mama fand es als erste. Sie brachte es mir in mein Zimmer, zusammen mit einer Neuigkeit: Ich würde wegfahren. »Zu Axels und Minnas Häuschen am See«, sagte Mama. »Da gefällt es dir doch so gut.«

»Aber Minna ist nicht mehr da. Warum muß ich denn jetzt da hin?« fragte ich, obwohl ich wußte, warum.

Mama hielt das Hemdchen hoch. »Deine Schwester macht einiges durch im Moment. Kannst du dir vorstellen, wie ihr zumute gewesen wäre, wenn sie das hier gefunden hätte?«

Ich setzte einen unschuldigen Blick auf. »Ich habe nur gedacht...«

»Du hast überhaupt nicht nachgedacht.« Mama fing an, Kleider aus meinem Schrank zusammenzusuchen. »Ich helfe dir beim Packen«, sagte sie bestimmt. »Axel kommt morgen früh und holt dich ab.«

»Wie lange muß ich bleiben?«

Mama dämpfte die Stimme. »Bis das Baby da ist. Bis das Baby bei seinen neuen Eltern ist.«

»Aber das kann doch noch einen ganzen Monat dauern!«

»Ich muß jetzt an Kari denken«, sagte Mama.

»Immer denken alle nur an Kari.«

Mama hielt einen Augenblick inne und nahm mein Gesicht zwischen beide Hände. »Bitte, vergiß nicht, daß ich dich auch liebhabe. Wir haben dich alle lieb.«

»Ich werde ganz einsam sein ohne Minna«, sagte ich. »Ich kenne Axel doch kaum.« Obwohl er zwanzig war, als Mamas und Axels Familie hierhergezogen waren, benahm er sich oft, als sei er gerade erst aus Norwegen gekommen. »Es ist doch schon vierzig Jahre her«, beschwerte ich mich. »Warum muß er trotzdem ständig diese alten norwegischen Geschichten erzählen?«

»Ich habe dir doch erzählt, daß wir unsere Eltern verloren haben, erst Papa und dann Mama, kurz bevor Jorgen zur Welt kam.« Mama legte den Kopf schräg. »Ich glaube, Axel versucht, sie mit diesen Geschichten am Leben zu erhalten.«

»Na, ich hoffe, daß er nicht dauernd Norwegisch mit mir spricht«, sagte ich.

Mama lächelte. »Gib ihm eine Chance. Er ist auch einsam.«

Am späten Vormittag des nächsten Tages saß ich mit meinem Koffer auf der Veranda vor dem Haus. Ich wartete darauf, das neue Auto meines Onkels heranfahren zu hören, einen großen Wagen, den er gekauft hatte, als er in Rente ging. Er und Minna hatten ihn den Reisewagen genannt. Aber die größte Reise, die sie damit gemacht hatten, war zu Minnas Heim gewesen. Ich seufzte. Erfüllten sich eigentlich jemals für irgend jemanden die Träume? Ich hörte die Tür zur Veranda quietschen und drehte mich um.

Kari watschelte über die Veranda und setzte sich neben mich. »Vielleicht wirst du es eines Tages verstehen«, sagte sie.

Ich antwortete nicht. Ich wußte, ich würde es niemals verstehen.

»Nimm doch wenigstens das hier mit.« Kari wollte mir das Fotoalbum geben.

Ich legte es beiseite. Minnas Fotoalbum würde dort im Häuschen am See sein, aber Minna würde nicht da sein. »Nur ich und Axel werden dort sein«, sagte ich, »ganz allein.« Ich wollte, daß Kari ein schlechtes Gewissen hatte. Bei meiner Lieblingstante sein zu können wäre etwas gewesen, worauf ich mich hätte freuen können, Isabella. Aber seit Minna fort war und jetzt, wo du auch fort sein würdest, gab es nichts mehr, worauf ich mich hätte freuen können. Nichts.

Kari war an allem schuld. Kari und die übrige Familie. Als Axel kam, stieg ich in sein großes neues Auto, ohne mich zu verabschieden – weder von Mama, noch von Papa und auch nicht von Jorgen. Karis Album ließ ich liegen. Und als Axel alle anderen begrüßt hatte und wieder ins Auto stieg und den Motor anließ, verschränkte ich die Arme ganz fest vor der Brust. Kari winkte mir von der Veranda aus zu. Ich winkte nicht zurück.

»Hast du nichts vergessen?« fragte Axel.

Ich sah zu Kari hinüber. Sie winkte nicht mehr, ihre Hand war mitten in der Bewegung erstarrt. »Nein.«

Axel stellte den Motor ab. »Doch, Bitte, ich glaube schon.«

Ich stieg langsam aus dem Auto und ging auf das Haus zu, zu meiner Schwester, die dort mit ausgebreiteten Armen stand. Sie sah in diesem Moment so jung aus, Isabella. Zu jung, um verheiratet zu sein. Zu jung, um eine Mutter zu sein. Sogar zu jung für eine ältere Schwester. Aber wer war schuld daran? Ich jedenfalls nicht.

Als ich zur Veranda hinaufstieg, zog Kari mich in ihre Arme. »Ich hab solche Angst, Bitte.« Karis Atem streifte meine Haare. »Wünsch mir Glück.«

»Viel Glück«, murmelte ich zu Kari, aber es galt eigentlich dir, Isabella. Ich stand neben Kari und streichelte ihren Bauch. »Wenn nur …« Ich zuckte mit den Schultern. Axel wartete. Es war keine Zeit mehr, über *wenn nur* nachzudenken.

»Wenn du nur mal das Fotoalbum ansehen würdest«, schlug Kari vor.

Als ich das Album von der Veranda aufhob, fiel es auf den Boden, und die letzte Seite blieb offen liegen. Mein Blick fiel auf ein Foto von einem Paar, das unter einer Pergola stand und sich an den Händen hielt. Es verschlug mir den Atem. Das Bild hätte aus deiner märchenhaften Zukunft stammen können, Isabella. »Rosen«, flüsterte ich.

Unter den Rosenranken standen der Mann und die Frau, die Kari für dich als Eltern ausgewählt hatte. Eigentlich wollte ich über diese Menschen nichts wissen, aber die Frage kam trotzdem. Die Worte brachen aus mir hervor, bevor ich sie aufhalten konnte. »Wie heißen sie?«

Kari tippte zweimal auf das Foto. »Jacob«, sagte sie, »und Hope.«

Da wir gerade von Hoffnung sprechen

In Axels großem neuen Auto fuhren wir weg von zu Hause, von Kari und von dir, Isabella.

»Willst du Lotse sein?« fragte Axel.

Ich schüttelte den Kopf. Ich hatte keine Lust, ihn während der ganzen vierstündigen Fahrt zu lotsen. »Hast du auch schon von Hope und Jacob gewußt?«

Axel nickte.

»Hope heißt Hoffnung«, sagte ich. »Ich habe gehofft, ich würde eine Nichte bekommen. Ich habe gehofft, eine Tante zu werden, wie Minna. Deswegen wollte ich Kari umstimmen. Ich hatte gar nicht vor, ihr das Leben noch schwerer zu machen. Mama wollte mir nicht zuhören. Erst hat sie Geheimnisse vor mir und dann schickt sie mich auch noch weg. Das ist ungerecht.« Ich preßte die Lippen aufeinander, damit ich nicht noch mehr sagte. Schließlich war es Axel, der zuhörte, und nicht Minna. Ich wußte ja gar nicht, wie er reagieren würde.

Axel fuhr sich mit der Hand durch seine feinen weißen Haare, wie er es immer tat, wenn er im Begriff war, eine seiner norwegischen Geschichten zu erzählen. »Ja, sie haben dich von zu Hause weggeschickt. Das erinnert mich an die Geschichte von Erik dem Roten, dem Wikinger, der aus seinem Heimatland verbannt wurde. Aber du wirst ja wieder nach Hause zurückkehren, wenn das Baby da ist. Das ist der Unterschied zwischen dir und Erik dem Roten. Und es gibt noch einen Unterschied. Er war ein Bösewicht, dieser Erik. Aber du bist nicht böse, Bitte. Du würdest Kari nicht absichtlich weh tun. *Nei.* Du hast ein gutes Herz. Das ist eines der Dinge, die Minna an dir und Kari geliebt hat – ihr habt beide ein gutes Herz, ihr seid die Töchter, die sie niemals gehabt hat.«

Axel und Minna hatten weder Töchter noch Söhne, Isabella. Aber sie hatten sich gegenseitig gehabt, siebenunddreißig Jahre lang. Als Axel in Rente ging, hatten sie Witze darüber gemacht, daß sie zusammen alt und runzelig werden würden. Aber dann hatte Minna angefangen, so viele Antworten auf die Fragen Wer und Warum und Wie und Wo zu vergessen, daß Axel sie traurig in ein Heim für Leute, die alles vergessen, gebracht hatte.

Ich fragte mich, ob Axel immer noch abends am See saß und die Sterne betrachtete und ein Lagerfeuer schürte. Ich fragte mich, ob er sich ganz klein fühlte, ganz allein unter dem großen, dunklen Himmel.

»Bist du einsam ohne Minna?« fragte ich.

»Hmm. Ja. Ich vermisse sie.«

»Warum holst du sie dann nicht wieder nach Hause?«

»Ich wünschte, das ginge.« Axel schaltete in einen anderen Gang. »Ich habe versucht, mich um sie zu kümmern, aber sie braucht mehr Pflege, als ich ihr geben kann. Ach, das ist schlimm, wenn man für jemanden sorgen will und zu alt dafür ist, wie ich. Oder zu jung ...«

Ich zögerte. »Wie Kari?« fragte ich.

Axel und ich warfen beide einen kurzen Blick auf das Fotoalbum, das zwischen uns lag.

Ich schloß die Augen. Zu jung. Zu alt. Gab es eigentlich irgend jemanden, der genau im richtigen Alter war?

»Du bist ganz durcheinander«, sagte Axel.

Ich nickte. »Ja, ich bin durcheinander.«

Es brachte mich noch mehr durcheinander, bei Axels und Minnas Häuschen anzukommen. Es war noch dasselbe Häuschen und doch nicht dasselbe, genauso wie Minna noch dieselbe und doch nicht mehr dieselbe gewesen war, als ich sie das letzte Mal gesehen hatte. Minnas Garten war voller Farben, aber der Boden darunter war ausgedörrt, und überall wuchs Unkraut, was sie niemals zugelassen hätte. Ihre Rosen rankten mit roten und rosa Blüten am Haus empor und hoben sich in krassem Gegensatz von der Wand des Hauses ab, deren Farbe Risse bildete und abblätterte.

Auch im Inneren des Hauses war einiges anders, seit Minna nicht mehr da war, die alles sauber und ordentlich gehalten hatte. Aber das Gästezimmer war noch genauso wie früher.

Axel hatte sich viel Mühe gegeben. Die Luft roch nach Zitronenöl. Die Vorhänge waren offen, und die Sonne warf einen gelben Lichtfleck auf den Boden. Ich schleuderte meine Schuhe von mir und stellte mich auf den hellen Fleck. Durch die geputzten Fensterscheiben sah ich den See. Ich lächelte und dachte an die heiteren, unbeschwerten Stunden, die Kari und ich hier verbracht hatten. Damals war alles so viel einfacher gewesen.

»Mach's dir gemütlich«, sagte Axel. »Ich laß dich jetzt in Ruhe auspacken.«

Nachdem Axel gegangen war, verstaute ich die wenigen Sachen, die ich mitgenommen hatte, in den leeren Schubladen und Schränken. Dann öffnete ich die Schublade des Nachttisches. Ich mußte laut auflachen, Isabella, als ich sah, was da lag: ein Mäusebett. Minna hatte in der Schublade des Nachttisches immer kleine, rechteckige Matratzen liegen, die gerade groß genug waren, daß eine Maus darauf schlafen konnte. Kari und ich hatten uns immer Geschichten über eine Mäusefamilie ausgedacht, die in diesen Betten schlief.

Nur eine dieser Mäusematratzen war noch übriggeblieben, das Bettzeug dazu lag zerknüllt daneben. Ich erkannte eines der kleinen Spannbettlaken, die Minna genäht hatte. Früher hatte es drei davon gegeben. Drei Spannbettlaken und drei gestrickte Decken und drei Tagesdecken, die wir aus Sommerkleidern genäht hatten, aus denen wir rausgewachsen waren.

Ich dachte an Kari in ihrem ausgewaschenen Morgenmantel. Sie war in den letzten paar Monaten aus allen ihren Sommerkleidern herausgewachsen. Während du gewachsen bist, Isabella, ist Kari mitgewachsen. Ich strich traurig das winzige Laken glatt, das noch übrig war, und die Wolldecke und die Tagesdecke. Wo waren die anderen Sachen geblieben? Ich wußte es nicht. Ich wußte nur, daß ich niemals mit dir Mäusespiele spielen würde, Isabella. Wir hätten so viel Spaß miteinander haben können. Meine Mäusefamilie lebte in einer Welt, in der ich bestimmen konnte, wie alles ausgehen würde. Und, wie Minna oft gesagt hatte, *keine Maus hat je ein schöneres Bett besessen.*

Kari und ich waren stolz auf diese Betten gewesen.

Und dann war etwas Seltsames geschehen, Isabella. Eines Sommers, als ich die Matratzen herausnahm, wurde Kari ganz rot im Gesicht und fuhr mich an: »Laß das, damit spielt man nicht!«

Ich ließ erstaunt die Matratzen fallen. »Warum denn nicht?«

»Tu sie wieder weg. Das sind keine Spielsachen.« Kari dämpfte die Stimme. »Sie haben mit dem Frauwerden zu tun.«

»Was meinst du damit?« fragte ich, aber Kari wollte es mir nicht sagen. Das verletzte mich mehr als ihr heftiger Ton.

Später sagte mir Claire, wie unsere Mäusematratzen wirklich hießen: Binden. Und sie klärte mich auch darüber auf, wozu sie da waren: um Blut aufzusaugen. Trotzdem verstand ich nicht, warum Kari sich so aufgeregt hatte. Wen störte das, wenn wir damit spielten? Konnten wir nicht einfach so tun, als wären sie etwas anderes?

Minna war eine Frau, und sie hatte trotzdem nichts dagegen gehabt. Oder? Wenn doch Minna nur zur Tür hereinkäme, dann würde ich sie gleich fragen, dachte ich. Aber Minna würde nicht zur Tür hereinkommen. Kari war von ihren Plänen nicht abzubringen, Isabella. Und ich würde keine Tante werden. Im wirklichen Leben konnte ich nicht bestimmen, wie alles ausgehen würde. In der Wirklichkeit konnte ich Veränderungen nicht aufhalten. Kann sein, daß du mich auslachst, Isabella, wenn ich dir jetzt etwas erzähle. Ich spielte ernsthaft mit dem Gedanken, mich im Gästezimmer einzuschließen, wo alles so geblieben war, wie es immer gewesen war. Wie lange würde ich es darin aushalten? Eine Woche? Einen Monat? Nein, nicht einmal eine Stunde. Als Axel mich zum Essen rief, war ich schon ziemlich hungrig. Also öffnete ich die Tür und ging wieder in die Wirklichkeit zurück.

Axel und ich sprachen nicht viel während des Abendessens und auch nicht, als wir das Geschirr zurück in die Küche trugen. Wir schwiegen, als wir den Pfad zum See hinuntergingen und nach alter Gewohnheit begannen, Feuerholz für ein Lagerfeuer zu sammeln. Axel schichtete schweigend die Scheite aufeinander, und dann setzten wir uns wie immer auf die Baumstümpfe, die vom vielen Sitzen schon ganz abgewetzt waren. Als er dann ein Streichholz an das Holz hielt, vermischte sich das Knistern mit dem Zirpen der Grillen. Dann, auf einmal, sprudelten die Worte nur so aus uns heraus. Kleinigkeiten. Große Gedanken. Alte Geschichten. Neue Geschichten.

Und dann wurde uns das zur Gewohnheit.

Als die erste Nacht vorüber war, und dann die nächste, drehten sich unsere Gespräche mehr und mehr um Minna, bis Axel in der dritten Nacht sagte: »Ich besuche Minna morgen. Kommst du mit?«

»Au ja!« antwortete ich. Ich versuchte, mir Minna ohne den See vorzustellen. Ob es mir wohl genauso eigenartig vorkommen würde wie der See ohne Minna? Ich würde es sehen. »Morgen«, murmelte ich.

»Ja, morgen«, sagte Axel. »Du wirst Minna zwar sehen, aber es wird nicht mehr so sein wie früher. Verstehst du, Bitte? Sie vergißt alles. Vielleicht erinnert sie sich nicht mal an ... eben an gar nichts.«

»Dann werde ich mich für uns beide erinnern«, sagte ich. Wenn wir draußen unter dem Nachthimmel saßen, war es schwer, nicht an Minna zu denken und daran, wie sie gesungen und Geschichten erzählt hatte.

»Ich erinnere mich an das Lied vom Mond«, sagte ich. »Du auch, Axel?«

»Natürlich.« Und um es mir zu beweisen, fing Axel an, es zu singen. Ich stimmte ein. Unsere Stimmen erklangen unter den Bäumen und lagen über dem stillen Wasser des Sees.

Ich seh den Mond. Der Mond sieht mich.
Der Mond sieht die, die ich vermiss',
Drum schütze Gott den Mond, und Gott schütze mich.
Und Gott schütze die, die ich vermiss'.

»Minna hat mich mit diesem Lied immer in den Schlaf gesungen«, erzählte ich Axel. »Sie nannte es Bittes besonderes Schlafliedchen. Es kommt mir fast so vor, als höre ich ihre Stimme.«

Axel nickte. »Ja, ich weiß, was du meinst.«

»Eigenartig«, sagte ich. »Ich habe Minnas Stimme immer als weich und lieblich empfunden, aber eigentlich war sie doch eher heiser und krächzend, findest du auch?«

Axel lachte. »Ja, und sie sang auch oft falsch.«

Wir lächelten beide im Schein des Feuers. Minnas wunderbar schauerlicher Gesang klang weich, aber ungewöhnlich.

Als hätte unser Singen ihn aus seinem Versteck gelockt, ging der Mond nun über den Bäumen auf. Es war ein ziemlich dicker Halbmond, ein abnehmender Mond, und ich fragte mich: Sieht er wirklich *die, die ich vermiss'*? Sieht er Minna? Sieht er dich, Isabella, im Bauch meiner Schwester Kari?

Der Mond stieg höher hinauf, und die Sterne wurden größer.

Axel warf einen Stein in den See. Nachdem das Aufklatschen verklungen war, sagte er: »Unsere Vorfahren haben sich beim Segeln an diesen Sternen orientiert, weißt du? Die Wikinger.« Er sprach es norwegisch aus.

Ich hatte schon oft Wikingergeschichten von Axel gehört. Ich wußte, daß die Wikinger mutige und abenteuerlustige Krieger waren. Aber Axel sprach in dieser Nacht nicht von Schlachten oder feindlichen Schiffen. Er erzählte von Familien – von Ehemännern und Vätern und Liebhabern, die sich auf ihren Fahrten in andere Länder an den Sternen orientierten.

»Die Wikinger«, sagte Axel, »mußten hart sein, denn nur so konnten sie überleben. Aber sie hatten auch ihre guten Seiten. Nach ihren Reisen kehrten sie in ihre Heimat zurück, und ihre Schiffe waren voll beladen mit Gold, Seide, Gewürzen und Edelsteinen. Kannst du dir vorstellen, wie glücklich und stolz sie waren, daß sie ihren Liebsten diese Schätze aus fernen Ländern bringen konnten?«

Schätze aus fernen Ländern für ihre Liebsten. Claire fände diesen Satz hinreißend, dachte ich. Und warum auch nicht? Liebste und Schätze, das klang, als wäre es genau das, was man für die Liebe brauchte. Liebe, ganz groß geschrieben. LIEBE.

Mama hatte gesagt, ich würde sie erkennen, wenn ich sie sehe. Ich starrte den dicken Halbmond an. Normalerweise irrte sie sich in diesen Dingen nicht.

Änderte sich auch das?

Reisen

Am nächsten Morgen machten Axel und ich uns auf den Weg zu Minna. Als wir bei der Stadt Danfarr über die Brücke fuhren, rief ich mir die verschiedenen Arten von Wasser ins Gedächtnis, die ich liebte: Ich liebte den See, ich liebte das Meer, ich liebte sogar das Schwimmbad in unserer Stadt. Wasser. Wundervolles Wasser. Ich sah zu, wie es rauschend unter der Brücke verschwand, es war so anders als das Land, so anders als die Weizenfelder zu Hause.

Axels großes Auto rumpelte über ein Schlagloch.

»Oh!« sagte ich, jäh aus meinen Träumen gerissen.

»Du hast gelächelt«, sagte Axel. »Woran hast du gerade gedacht?«

»Ich habe daran gedacht, wie gern ich das Wasser mag«, antwortete ich. »Es ist schwer, das in Worte zu fassen, aber ich fühle mich so ... lebendig, wenn ich es sehe. Ich weiß auch nicht, warum.«

»Weißt du das wirklich nicht?«

Ich schüttelte den Kopf.

»Das macht das Wikingerblut«, sagte Axel.

»Wikingerblut?«

»Ja, von deinen Vorfahren. Sie haben die schönsten Schiffe der Welt gebaut. Die Drachenboote. Das Meer reizte sie. Sie wurden vom Wasser magisch angezogen. Genau wie du.«

Unsere Fahrt zu Minna war den Reisen der Wikinger nicht sonderlich ähnlich. Der Wind wehte Staub auf statt kühle salzige Luft. Und Axel mit seinen kurzen weißen Haaren und dünnen Armen sah überhaupt nicht aus wie die muskulösen Wikinger mit ihren roten Bärten, die ich aus Abbildungen in Büchern kannte.

Wir reisten nicht in exotische Länder, Isabella. Statt dessen gingen wir vor einem Supermarkt kurz hinter der Autobahnausfahrt vor Anker. Ich folgte Axel in die Obst- und Gemüseabteilung, vorbei an Bananen- und Orangeninseln und Weintraubenbergen. Neben der Bananenkiste machten wir halt.

Axel runzelte die Stirn, die Auswahl war kärglich. »*Nei*«, murmelte er wie zu sich selbst, hob einige Büschel überreifer Bananen hoch und legte sie dann wieder weg. »*Nei, nei.*«

Ich folgte ihm aus dem Geschäft. »Ich hab sowieso keinen Hunger«, sagte ich. »Und du?«

Axel antwortete nicht.

Ich zuckte mit den Schultern. Ich fand die Bananen im nächsten Laden nicht so schlecht. Als wir ihn mit leeren Händen verließen, fragte ich: »Wie wär's mit Äpfeln?«

Axel schüttelte den Kopf.

Schließlich parkten wir am Straßenrand bei Gunnarsens Obst- und Gemüsestand, wo Axel ein wirklich vollkommenes Büschel Bananen fand. Reif, aber nicht zu reif. Fest, aber auch nicht grün. Mit einer wunderschönen, goldgelben Schale. Axel hielt es mir hin. »Schau mal«, sagte er, »keine einzige braune Stelle.«

Ich mußte ihm recht geben: Sie waren makellos. Aber wieviel Mühe hatte das gekostet. Fünfundvierzig Minuten Anstrengung, bloß wegen eines lächerlichen Büschels Bananen.

Axel legte sie vorsichtig auf die Waage. Der Mann hinter dem Stand grinste. »Guten Tag, Axel. Heute haben Sie wirklich ein paar besonders schöne gefunden, nicht wahr?«

»Ja, Mr. Gunnarsen.« Axel grinste zurück. »Für Minna kaufe ich nur das Beste.«

Ich errötete. Oh, dachte ich. Nicht für mich. Für Minna.

Wir fuhren zurück auf die Autobahn, nahmen die Ausfahrt 109, fuhren dann in Richtung Westen auf die Washington Street und bogen an der Bank rechts ein, an der Kirche links und dann nochmals nach rechts in die Willow Avenue. Ich glaube, wir Wikinger können uns Wege gut merken, Isabella.

»Wir sind da«, sagte Axel.

Das kleine Backsteingebäude, in dem Minna wohnte, hatte viele Fenster, damit viel Sonne hereinkam, aber als ich drinnen war, sehnte ich mich nach der frischen Luft am See.

»Denk daran, was ich dir gesagt habe«, sagte Axel mit ruhiger Stimme. »Sie ist nicht mehr die Minna, die du gekannt hast. Das ist schwer zu begreifen, selbst für mich. Ja, jedesmal, wenn ich hierherkomme, begrüße ich die neue Minna und verabschiede mich von der alten Minna.«

»Sie kann sich doch nicht so sehr geändert haben«, sagte ich.

Axel schüttelte den Kopf. »Hallo und Leb wohl«, murmelte er.

Wir betraten den Fahrstuhl zusammen mit einem Mann, der eine Vase mit Rosen und Edelwicken und Schleierkraut in der Hand hielt. Als die Türen sich schlossen, war die Luft vom süßen Duft der Blüten erfüllt. Ich mußte das Lachen unterdrücken, als ich seinen Blumenstrauß mit Axels Bananenbüschel verglich. Ja, Isabella, zuerst fand ich das komisch. Dann wurde mir klar, daß Axel ja auch Blumen hätte mitbringen können. In Minnas Garten wuchsen die gleichen Blumen. Aber nein, Axel hatte es vorgezogen, Obst mitzubringen. Und dann noch nicht einmal irgendwelche exotischen Früchte. Ich schüttelte empört den Kopf. Wenn ich jemals etwas über die Liebe lernen würde, dann bestimmt nicht von meiner Familie. Die wußten ja nicht einmal über die einfachsten Dinge Bescheid.

Als die Tür des Fahrstuhls aufging, nahm ich zuerst nur den Lärm wahr, der hier herrschte – so viele Menschen lebten unter einem Dach: Aus zwei Radios erklangen verschiedene Sender, man hörte Fetzen eines Telefongesprächs, ein Wägelchen rumpelte den Gang hinunter. Ich trat schnell vor Axel aus dem Fahrstuhl. Ich bin mir sicher, er hielt meine Eile für Ungeduld, aber in Wirklichkeit schämte ich mich, mit ihm und seinen lächerlichen Bananen gesehen zu werden. Ich erreichte das Zimmer Nr. 302, Minnas Zimmer, als erste.

Sie saß in einem blauen Stuhl und trug ein meergrünes Kleid. Sie hatte ihre Hände im Schoß gefaltet. Als sie mich erblickte, rieb sie die Hände aneinander und faltete sie dann wieder.

»Minna!« Ich eilte mit ausgebreiteten Armen auf sie zu. Aber Minnas Gesichtsausdruck ließ mich innehalten.

Sie blickte durch mich hindurch, hinter mich, zu meinem Onkel. »Axel?« fragte sie.

»Ja.«

»Hallo, Axel!« Dann wandte sie sich wieder mir zu und lächelte höflich. »Und auch dir einen schönen guten Tag, Kleine.«

Kleine? Ich warf einen Seitenblick auf Axel.

»Minna«, sagte Axel, »das ist Bitte Liten, deine Nichte, sie wollte dich besuchen kommen.«

»Das ist aber nett.« Minna schloß die Augen. Ich dachte, sie würde sich erinnern. »Bitte Liten«, sagte sie vor sich hin, als hätte sie es nicht schon tausendmal gesagt: *Bitte, schau mal, die Sterne. Bitte, ich habe Plätzchen im Ofen. Soll ich dir was vorsingen, Bitte? Soll ich dir dein besonderes Schlafliedchen vorsingen?*

»Bitte Liten«, sagte Minna wieder. »Was für ein ungewöhnlicher Name. Norwegisch, nicht wahr?«

»Ja«, sagte ich. »Norwegisch.«

»Mein Mann ist Norweger, weißt du? Mein Axel.«

»Ich weiß«, begann ich. »Axel ist mein On . . .«

»Es ist wirklich nett, daß du gekommen bist, Kleine. Wirklich nett.« Minna faltete wieder ihre Hände und fuhr sich mit der Zunge über die Lippen. Ich folgte ihrem Blick, der Axels Bananen galt. Sie interessierte sich mehr für diese Bananen als für mich.

Als Axel sie ihr hinhielt, strahlten Minnas Augen. »Ei, was haben wir denn da?« fragte sie erfreut.

»Für dich«, sagte Axel galant. Er trat einen Schritt vor, um ihr sein Bananenbüschel zu überreichen.

»Für mich?«

»Ja.« Axel verbeugte sich. »Ein Geschenk.«

Minna nahm die Bananen und legte sie sich in den Schoß. Sie streckte die andere Hand aus und berührte Axels Wange. »Oh, Axel«, sagte sie. »Bananen.«

Sie pflückte eine von dem Büschel, zog die Schale in vier gleichen Streifen ab und biß genußvoll hinein. »Mhmmm«, sagte sie. »Diese ist vollkommen. Eine vollkommene Banane, Axel.«

»Nur das Beste für meine Minna«, sagte Axel stolz.

Als sie fertig war, sah sie mich erneut an. »Wo habe ich nur meine Manieren gelassen?« Sie hielt die übrigen Bananen hoch. »Möchtest du eine, Kleine?«

»Minna«, erinnerte Axel sie, »dies ist deine Nichte Bitte Liten, die dich besucht.«

»Bitte Liten«, sagte Minna. »So ein ungewöhnlicher Name. Norwegisch, nicht wahr?« Sie hielt mir die Bananen noch immer hin. »Nimm dir doch.«

»Nein, danke«, sagte ich. »Ich habe wirklich keinen

Hunger.« Das stimmte. Ich hätte nicht den kleinsten Bissen herunterbringen können. Ich versuchte zu schlucken. Wenn Minna mich nur wiedererkennen würde. Dann würde der Kloß in meinem Hals verschwinden.

Unvermittelt beugte ich mich hinab und schlang meine Arme um sie. Sie mußte mich einfach erkennen, wenn sie meine Umarmung spürte. »Minna«, sagte ich. »Ich bin's!«

Minna saß steif, bis ich sie losließ.

An diesem Tag lernte ich eine Traurigkeit kennen, für die es nicht genug Tränen gab, Isabella. Nie zuvor hatte ich eine solche Traurigkeit empfunden. Dann verdrängte Wut die Traurigkeit. Ich wollte Minna schütteln, sie anschreien. Wie konnte sie *mich* nur vergessen?

Ich muß sie grimmig angesehen haben, denn Minnas Gesicht fiel in sich zusammen. Wieder stand diese schreckliche Frage in ihren Augen. Meine Wut verwandelte sich in Unruhe, denn ich war sicher, Minna war drauf und dran, ihre schreckliche Frage auszusprechen.

»Kannst du mir etwas sagen ... Kleine?« fragte sie.

Als ich nickte, drückte sie meine Hand. »Kannst du mir eine Frage beantworten: Wie bin ich hierhergekommen?«

Ich beruhigte mich wieder. »Das ist nicht schwer, Minna. Vom See aus überquerst du die Brücke bei der Stadt Danfarr, fährst dann auf die Autobahn, nimmst die Ausfahrt Hundertneun Richtung Westen, dann auf die Washington Street, biegst bei der Bank rechts ein, bei der Kirche links und wieder rechts in die Willow Avenue.«

Minna ließ meine Hand los. Ihre Augen blickten nur noch verwirrter. »Nein«, sagte sie. »Ich meine, wie bin ich hierhergekommen?«

»Ohhh«, sagte ich. Ich hätte es nicht in Worte fassen können, aber in diesem Moment wußte ich, daß Minna nicht von einer Reise in die Stadt sprach. Sie sprach von einer anderen Art Reise. Die Art, für die man keine Koffer braucht. Die Art, bei der man eines Tages in den Spiegel blickt und sich an einem bestimmten Punkt im Leben sieht, aber nicht weiß, wie es dazu kam oder wann. In diesem Fall fühlte ich mich genauso verloren wie Minna.

»Ich glaube, ich weiß es nicht«, sagte ich ehrlich. »Ich glaube, ich weiß nicht, wie du hierhergekommen bist.«

»Du bist krank gewesen, Minna«, erklärte Axel. »Wir haben darüber gesprochen, erinnerst du dich?«

Ich konnte sehen, daß Minna sich an diese Gespräche genausowenig erinnerte wie an mich. Sie blickte auf ihren Schoß. Ihre Augen wurden groß vor Erstaunen. »Bananen?« fragte sie und war von neuem erfreut.

»Ja, für dich«, sagte Axel zärtlich. »Alle für dich.« Er küßte Minna auf die Stirn. Ich streichelte ihren meergrünen Ärmel.

»Leb wohl«, sagten wir.

»Mhmm«, sagte meine Lieblingstante und lächelte ihre Bananen an.

Axel und ich schwiegen, als wir von Minna fortgingen. Wir schwiegen, als wir im Fahrstuhl standen und warteten, daß die Tür sich schloß. Ich schlug die Augen nieder, Axel sollte meine Tränen nicht sehen. Ich sah seine Hände an. Ohne die Bananen schienen sie zu groß für seinen Körper zu sein.

Eine Frage ging mir nicht aus dem Kopf, Isabella: Wo bringst du all die Sachen unter, die dir am liebsten sind, auf einer Reise ohne Koffer?

Vom Gang drang Lärm zu uns – der Lärm vieler Menschen unter einem Dach. Ich hörte einen Fernseher und einen quietschenden Rollstuhl und Gesang. Gesang? Ja, Isabella, eine süße, heisere Stimme sang: *»Ich seh den Mond. Der Mond sieht mich. Der Mond sieht die . . .«*

Die Fahrstuhltür schloß sich. Axels zu große Hand ergriff meine. »Ah«, flüsterte er. »Sie trägt dich in ihrem Herzen.«

Die Zukunft

Auf der Rückfahrt zum See dachte ich an die Minna, die ich einmal gekannt hatte, die Minna, die sich an meinen Namen erinnerte. Ich wünschte, ich könnte die Zeit zurückdrehen, aber ich wußte, ich konnte es nicht. Das Leben kennt nur eine Richtung, Isabella.

»Alles in Ordnung?« fragte Axel leise.

Ich zuckte mit den Schultern. Ich konnte nicht sagen, was ich fühlte. Ich sah aus dem Fenster. Unser großes Auto warf einen Schatten auf den Straßenrand. Wahrscheinlich hätte ich Axel sagen können, daß die neue Minna wie ein Schatten der alten Minna war. Und daß ich den Schatten liebte, weil ich den Menschen liebhatte, der den Schatten warf. Aber wie hätte ich erklären sollen, wie es war, diesen Schatten zu umarmen?

»Mama hat mir nicht gesagt, daß es so schlimm ist.«

»Sie wußte es nicht«, sagte Axel. »Sie war so besorgt um Kari, daß ich ihr nicht noch mehr Sorgen bereiten wollte.«

Natürlich, dachte ich. Schon wieder Kari. »Wird Minna wieder gesund werden?«

Axel schüttelte langsam den Kopf. »*Nei.* Soweit ich verstanden habe, wird sie immer mehr vergessen, bis es für sie nichts anderes als die Gegenwart gibt. Dann wird Minna nur noch im Jetzt leben.«

Im ersten Moment klang das gar nicht mal so schrecklich. Wenn man sich nicht an die Vergangenheit erinnern konnte, machte es auch nichts aus, sie zu verlieren. Wenn man nicht an die Zukunft dachte, konnte sie einem auch keine Angst einflößen. Aber tief in mir wußte ich, daß Erinnerungen und Träume zwei wichtige Bestandteile des Lebens waren. Irgendwann würde Minna beide verlieren. Und was dann? Würde auch Minnas Schatten verschwinden?

Ich warf einen Blick auf Axel, meinen norwegischen Onkel. Ich fragte mich, was er fühlte, wenn er bei jedem Besuch »Hallo« und »Leb wohl« sagte. War es für ihn schlimmer als für Minna? Würde ich es jemals verstehen? Konnte ich sie danach fragen? *Minna, wie fühlt man sich als Schatten?* Nein, natürlich nicht. Aber bis auf ihre schrecklichen Fragen schien sie ganz fröhlich zu sein. Ich stellte mir ihre Augen vor, wie sie Axels Bananen probierte. »Strahlend« hätten Claires Zeitschriften Minnas Augen genannt. In diesem Moment wurde mir klar, daß Axel etwas wußte, was Claires Zeitschriften ihm nicht sagen konnten: Axel wußte, was Minna brauchte.

Ich starrte auf das müde Gesicht meines Onkels. Sonnenlicht verfing sich in seinen Haaren. »Axel«, sagte ich langsam, »ich habe über die Bananen nachgedacht. Du bist wie ein Wikingerheld, der seiner Liebsten Schätze bringt.«

Axel zwinkerte und schob meinen Gedanken mit einer leichten Handbewegung beiseite. »*Nei*«, sagte er. »Ich doch nicht.«

Ich berührte seinen Arm. »Doch, du.«

Wir fuhren schweigend weiter und ließen unseren Tränen freien Lauf, Tränen um Minna und um den Weg, den sie ohne uns eingeschlagen hatte, und um den Weg, der nun traurig vor uns lag.

Als wir am Häuschen ankamen, zog Axel seine Arbeitshose an und ging in Minnas Garten. Ich nahm meinen Badeanzug und floh ins Wasser. Der See glitzerte. Ich ließ mich auf dem Rücken treiben, den Kopf voller Fragen, auf die es keine Antwort gab. Das Wasser tröstete mich. Ich legte die Finger an meinen Hals und fühlte mein Wikingerblut pulsieren. Wie die Wikinger zog es mich zum Wasser. Und so schwamm ich jeden Tag, manchmal sogar zweimal.

Wenn ich nicht schwamm, lenkte ich mich mit anderen Dingen ab. Ich jätete Unkraut in Minnas Garten. Ich fegte jeden Winkel im Haus. Ich staubte ab und rieb blank, goß und harkte. Und ich besuchte Minna mit meinem Onkel Axel. Ich backte Rosinenplätzchen für sie. Ich half Axel, perfekte Bananenbüschel auszuwählen. An einem faulen Nachmittag sang ich Minna in den Schlaf. Ich sang das Mondlied immer wieder, und zwischen den Strophen summte ich, so wie sie es für mich getan hatte, als ich ein kleines Mädchen war.

Es schien, als würden wir die Plätze tauschen, Minna und ich, bis ich mich fühlte, als wäre ich eher die Tante als die Nichte. Es machte mir nichts aus, mich um Minna zu kümmern, Isabella. Wirklich nicht. Aber nach zwei Wochen am See wünschte ich mir, jemand würde sich um mich kümmern.

Eines Morgens schnitt ich Rosen, so wie Minna es immer getan hatte. Ich stellte die Rosen in einer Vase auf den Tisch am Eingang.

»Wunderschön«, sagte Axel.

»Danke.« Ich zuckte mit den Schultern. Ich erledigte diese Kleinigkeiten, Isabella, weil ich die wirklich wichtigen Dinge nicht ändern konnte: Axels Einsamkeit, Minnas Vergeßlichkeit, deine Zukunft.

Ich erledigte diese Kleinigkeiten, und die Zeit verstrich.

Anfangs wünschte ich mir, sie würde schnell vergehen, damit ich bald nach Hause fahren konnte. Mama hatte gesagt, ich könnte nach Hause kommen, wenn du geboren warst. Aber zu Hause würde es anders sein. Alles würde anders sein. Ich wollte nicht darüber nachdenken. Ich wünschte mir nun, die Zeit würde langsam vergehen, damit Minna nicht verschwand, damit ich nicht erwachsen werden und noch mehr Veränderungen erleben mußte.

Aber die Sonne ging weiterhin am Morgen auf und am Abend unter, und die Tage vergingen, ob ich das wollte oder nicht.

An manchen dieser Tage bekam ich Post. Nichts von

Claire, aber kurze Mitteilungen von Papa, die neuesten Nachrichten über die Weizenernte von Jorgen, drei liebevoll gepackte Pakete von Mama.

Und am achtzehnten Tag, den ich bei Axel verbrachte, rief mich mein Onkel vom See ins Haus. »Telefon!«

Isabella ist da, dachte ich. Und Isabella ist fort. Mein Magen zog sich zusammen. Deine Geburt – das Ereignis, auf das ich mich seit dem Winter gefreut hatte – würde das Ereignis sein, das dich von mir trennen würde. Irgendwie hatte ich es fertiggebracht, diese Tatsache völlig zu verdrängen. Nun stolperte ich den Pfad entlang, von dem Gedanken ganz benommen.

»Ist es soweit? Ist das Baby ... schon da?« Ich wartete atemlos auf Axels Antwort.

»*Nei*, aber deine Schwester ist am Telefon.«

Karis Stimme klang weit entfernt. »Ich habe gerade an dich gedacht, Bitte. Ich habe mich gefragt, wie es dir wohl am See gefällt, jetzt, wo Minna weg ist, und überhaupt.«

»Es ist gar nicht so schlimm«, sagte ich. »Wirklich nicht. Axel ist ja hier.« Und als ich diese Worte sagte, merkte ich, wie wahr sie waren. Axel war da und kümmerte sich um mich. »Aber es ist nicht so wie früher«, sagte ich zu Kari. »Ich wünschte, du wärst hier.« Ich wünschte mir viele Dinge, Isabella.

»Ich auch«, sagte Kari. »Du fehlst mir. Ich sehne mich danach zurück, wie es früher war.« Dann schwieg sie so lange, Isabella, daß ich dachte, sie hätte vergessen, warum sie angerufen hatte.

»Kannst du mir einen Gefallen tun, Bitte?« fragte Kari schließlich.

»Sicher«, sagte ich. »Was denn?«

»Kannst du nicht versuchen, mich zu verstehen? Kannst du nicht versuchen, alles mit meinen Augen zu sehen?«

Ich dachte an Kari, wie sie in ihren blauen Gummilatschen über die Veranda schlappte, und an ihre in der Sommerhitze angeschwollenen Füße, denen die Schlappen zu klein zu werden schienen. Fast hätte ich gefragt, warum sie interessierte, was ich dachte, aber der Ton ihrer weit entfernten Stimme ließ mich ahnen, wie wichtig es für sie war. »In Ordnung«, sagte ich widerstrebend. »Ich werde es versuchen.«

Ich war noch immer ganz benommen, so kopflos war ich den Pfad hinaufgestolpert. »Als dein Anruf kam«, sagte ich, »habe ich gedacht, das Baby ist schon da. Ich habe gedacht, sie ist schon fort mit... diesen Leuten. Und daß ich sie nicht einmal gesehen habe. Ich möchte sie so gerne sehen.« Ich wartete darauf, daß Kari mich aufforderte, wieder nach Hause zu kommen, wieder ein Teil der Familie zu sein. Als sie das nicht tat, merkte ich, daß dies Mamas Entscheidung sein mußte. Ich fragte ganz vorsichtig: »Wirst du das Baby sehen?«

»O ja«, sagte Kari leise. »Ich werde sie sehen. Oder ihn. Ich habe mir alles genau überlegt.«

Nach einer weiteren langen Pause verabschiedeten wir uns, wie man es tut, wenn das Gespräch nicht abgeschlossen, aber die Unterhaltung beendet ist.

»Ist alles in Ordnung?« fragte Axel, als ich den Hörer auflegte.

Ich nickte. »Ich glaube schon. Kari hat mich gebeten, sie zu verstehen.« Ich wackelte mit den nackten Zehen auf dem kühlen Flur der Eingangshalle. »Ich weiß nicht, warum es sie interessiert. Sie macht sowieso, was sie will. Sie hat ihre Pläne doch schon ohne mich gemacht. Alle haben ihre Pläne ohne mich gemacht. Sie haben mich ausgeschlossen, wie immer.«

»Ja, sie haben dich ausgeschlossen, und dann hast du dich selbst ausgeschlossen.«

»Wie meinst du das?« Axel redete, als ob es meine Idee gewesen wäre, zum See zu kommen.

»Als Kari dich in ihre Pläne einbeziehen wollte, hast du dich geweigert, oder?«

»Na ja, sie haben mich doch nicht mal nach meiner Meinung gefragt. Es ging immer nur um Karis Gefühle, Karis Träume, Karis Pläne.«

»Für?« Axel wartete.

»Für das Baby.«

»Wessen Baby?«

Ich betrachtete meine Füße. »Karis«, murmelte ich. »Karis Baby.«

»Ja.« Axel klopfte mir auf die Schulter. »Vielleicht könntest du wirklich versuchen zu verstehen, Bitte.«

Ich versuchte es wirklich, Isabella. Ich saß an diesem Nachmittag auf dem Gästebett und dachte, wenn ich an Karis Stelle wäre, würde ich mich selbst um das Baby kümmern. Ich würde heiraten, auch wenn ich nicht wollte, auch wenn es nicht für lange wäre. Ich würde in einem kleinen Haus wohnen, mit Rosen im Garten, und ich würde dort kein Unkraut wachsen lassen.

Ich hatte nicht vor zu schlafen, aber als ich auf Minnas weiches Deckbett sank, schlief ich tief ein. Ich schlief den ganzen Nachmittag, und ich träumte von dir.

Ich träumte, wir wären in der Nachttischschublade und schliefen auf den winzigen Betten mit den Mäusematratzen. Du hast gefragt, ob ich auch ein Baby sei, und ich antwortete etwas wie: »Nein, ich bin zwölf, alt genug, mich selbst um dich zu kümmern. Ich. Tante Ich.«

Da hast du gesagt: »Ich habe Hunger, Tante Ich.«

Ich begann, dir von all den Dingen zu erzählen, die wir zusammen erleben würden.

»Ich habe Hunger«, sagtest du.

Ich versprach, dir den Nachthimmel zu zeigen.

»Ich habe Hunger«, sagtest du.

Ich gab dir einen Strauß Rosen und Schleierkraut und Edelwicken.

»Ich habe Hunger.«

Ich hatte nichts zu essen, Isabella, nicht einmal eine Banane, aber ich erzählte dir meine Träume von deiner märchenhaften Zukunft.

Du sagtest nur: »Ich habe Hunger.« Deine Stimme klang schwach. Es war beängstigend. Ich hörte mein Herz leise klopfen, dann lauter, lauter, lauter, wie eine riesige Uhr, deren Tick-Tack die Sekunden tilgt und uns alle der Zukunft ein Stück näherbringt.

»Hunger«, sagtest du. »Hunger.«

Wikingerblut

»Bitte!« Axels Stimme drang durch meinen Traum. Er klopfte an die Tür des Gästezimmers. Klopf-klopf. Klopf-klopf. Klopf-klopf.

»Bitte! Hast du Hunger?«

Ich hatte tatsächlich Hunger und war froh, meinen Traum hinter mir lassen zu können. Axels gedünsteter Fisch und Kartoffeln füllten ein Loch in meinem Bauch, das mir vorher gar nicht aufgefallen war.

In dieser Nacht blieben wir länger am See als gewöhnlich. Die Nacht war klar, und der Himmel war voller Sterne.

»Ich wollte Karis Baby die Sterne zeigen«, erzählte ich Axel, »so wie Minna sie mir gezeigt hat.« Vielleicht war es nicht das, was du brauchtest, Isabella. Schließlich konntest du die Sterne nicht essen. Aber ich dachte daran, wie Minna mir die Sternbilder gezeigt hatte, vor allem das Sternbild, das ich so lange nicht finden konnte. »Ich werde traurig, wenn ich daran denke, daß ich dem Baby nicht den Kleinen Bären zeigen kann.«

Axel streckte seine Hände dem Feuer entgegen, so daß

das Flackern der Flammen auf seinen Handflächen spielte. »Ja, aber jemand wird da sein, um es ihr zu zeigen. Jemand wie Minna, die sich immer ein Kind gewünscht hat. Darüber kann man sich freuen.«

Konnte man das wirklich? fragte ich mich. Warum war ich dann nicht froh?

»Ich frage mich, ob jemand wie ich jemals alle Sternzeichen finden kann«, sagte ich.

Axel stocherte im Feuer. »Es hat eine Zeit gegeben, da konntest du den Kleinen Bären nicht finden, nicht wahr?«

»Na ja, er sah nicht aus wie ein kleiner Bär«, beschwerte ich mich. »Er sah aus wie ein Kasten mit einem Schwanz.«

»Richtig«, sagte Axel. »Deshalb war es auch schwer, ihn zu finden. Du hast gedacht, er müsse so aussehen, wie du dir einen Bären vorstellst, und das war nicht so.«

Ich runzelte die Stirn, als ich mich an meine Enttäuschung erinnerte. Dann lächelte ich. »Als ich den Kleinen Bären erst einmal gefunden hatte, habe ich nie wieder vergessen, wie er aussieht.«

»Stjerner«, sagte Axel nachdenklich. »Sterne. Wir fügen sie zu Gruppen und Bildern zusammen, und trotzdem folgt jeder seiner eigenen Bahn. Jeder Stern des Sternbildes hat seinen eigenen Namen. Wußtest du das? Jeder Stern hat eine eigene Persönlichkeit.«

Dann sind Sterne wie die Menschen in einer Familie, dachte ich. Sie gehen ihren eigenen Weg und gehören doch zusammen. Die Menschen in unserer Familie schienen in diesem Sommer eher eigene Wege zu gehen als zusammenzugehören. Minna hatte mir erzählt, daß die Entfernung zwischen Sternen in Lichtjahren gemessen wird. So fühlte ich mich, Isabella, Lichtjahre von allen, bis auf Axel, entfernt. Würde unsere Familie jemals wieder zusammengehören?

Früh am nächsten Morgen, als ich mich auf dem See treiben ließ, erinnerte ich mich an eine Zeit, in der wir alle zusammen in der Sommersonne geplanscht hatten – Papa, Axel, Jorgen, Mama, Minna, Kari und ich. Damals vergrub Mama immer ihr Gesicht in meinen Haaren, wenn die Sonne sie getrocknet hatte. Später badete sie mich im Spülbecken. Noch später, wenn Minna mich in den Schlaf gesungen hatte, schlüpfte Mama ins Gästezimmer, und wenn ich aufwachte, stand sie über mein Bett gebeugt. Ich konnte ihr Lächeln in der Dunkelheit spüren, Isabella.

Die Erinnerung machte mich froh, ja, aber auch traurig und müde. Ich schwamm ans Ufer, und eine tiefe Niedergeschlagenheit überkam mich. Ich zog eine Unterhose an und mein riesiges weißes T-Shirt.

Was ich dann tat, überraschte mich. Manche würden es als Neugier bezeichnen, Isabella. Manche würden es als das bezeichnen, worum meine Schwester, Kari, mich gebeten hatte. Aber ich glaube, ich wurde angezogen, so wie der Mond die Gezeiten anzieht. Ich glaube, ich wurde zum Fotoalbum von Jacob und Hope gezogen.

Wußten sie, was du brauchst?

Ich setzte mich auf das Gästebett und öffnete das

Fotoalbum. Ich betrachtete die Fotos und las die Bildunterschriften, die Hope und Jacob geschrieben hatten.

Wir wohnen in einer Gegend mit vielen Familien, mit einer guten Schule in der Nähe und einer Menge anderer Kinder zum Spielen.

Unser Haus ist gemütlich und hat einen wunderbaren Garten ...

hier kann man Erdbeeren, Heidelbeeren und Himbeeren pflücken ...

Vögel und Eichhörnchen und Käfer beobachten ...

es gibt eine Terrasse, auf der man prima Dreirad fahren kann ...

und zwei liebenswerte Katzen, die auf alles aufpassen.

Ich lächelte gegen meinen Willen. Ich mußte zugeben, Isabella, es hörte sich nett an. War Kari auch von dem Garten verzaubert worden oder hatte sie mehr auf die anderen Worte geachtet, die Hope und Jacob geschrieben hatten: *Vertrauen, Bildung, Verständnis.* Mir selbst gefiel das Ende am besten: *Wir haben Arme zum Kuscheln, Schultern zum Anlehnen, Ohren zum Zuhören und eine gut gefüllte Keksdose.*

Ich begann zu verstehen.

Hope und Jacob konnten dir zu essen geben, wenn du hungrig warst. Und mehr noch, sie konnten dir das Leben geben, das Kari sich für dich wünschte. Unter das Foto eines mit Spielsachen und Kleidern und leeren Bilderrahmen angefüllten Kinderzimmers hatten sie geschrieben: *Wir haben viele Träume für unser Kind.* Ich nickte. Wir alle hatten Träume für dich, Isabella, nur unterschiedliche Darsteller spielten die Rolle der Eltern.

Ich hatte keine Lust, mich mit dem Gedanken an Hope und Jacob anzufreunden, aber ich wollte Kari wissen lassen, daß ich mir das Album angesehen hatte, daß ich versucht hatte, mit ihren Augen zu sehen. Ich fand eine Postkarte in Minnas altem Schreibtisch. Ich schrieb: »Erdbeeren, Himbeeren und Heidelbeeren. Mhmmm. Eine gut gefüllte Keksdose. Lecker.«

Als ich die Karte in den Briefkasten steckte, dachte ich an Hope und Jacob und Kari. Unter all den Menschen dieser Welt hatten sie sich irgendwie gefunden. Ich bekam eine Gänsehaut, als ich daran dachte. Es schien überwältigend, Isabella, daß diese Menschen mit demselben Traum sich gefunden hatten. Aber ich wollte nicht überwältigt sein. Ich rubbelte die Gänsehaut weg. Ich schloß mich im Gästezimmer ein, rollte mich auf dem Bett zusammen und kniff die Augen fest zu.

Mir wurde unbehaglich, wenn ich versuchte, Karis Entscheidung zu verstehen. Ich spürte ein Unwohlsein tief in der Magengegend. Dasselbe Unbehagen, das aufkam, wenn ich an die neue Minna und den Verlust der alten Minna dachte. Dieselbe Niedergeschlagenheit, die ich fühlte, wenn ich mich an Mamas Lächeln in der Dunkelheit erinnerte. Aber an jenem Morgen dachte ich nicht über Minna oder Mama nach. Nein, ich dachte über mich nach.

Es sah aus, als ob du glücklich sein würdest, Isabella. Jacob und Hope würden auch glücklich sein. Aber was war mit mir? Ich kuschelte mich in Minnas Deckbett wie in einen Kokon und schlief mit der Frage ein: Was ist mit mir, mir, mir, mir, mir?

Ich träumte wieder von dir. Wir waren klein, so wie in meinem letzten Traum, und schliefen auf unseren Mäusematratzen. Kari war da. »Schultern zum Anlehnen«, piepste sie. »Ohren zum Zuhören.«

Hope erschien. Ich wollte, daß sie wegging. »Mama«, sagtest du und strecktest deine Arme Hope entgegen. Sie nahm dich hoch und drückte dich an sich. Kari saß neben mir auf dem Bett. »Arme zum Kuscheln«, piepste sie. Wie leer ihre Arme herabhingen. Und dies war der seltsamste Teil des Traumes, Isabella. In diesem Moment wurde ich Kari. Für den Bruchteil einer Sekunde waren Karis leere Arme meine. Ein heftiger Schmerz durchzuckte mich. Dann, ebenso plötzlich, war der Schmerz wie ein heftiges Fieber vorbei. Ich war wieder ich.

Nie hatte ich einen solchen Traum gehabt. Ich war wie betäubt. Benommen saß ich auf dem Rand meiner Mäusematratze. Ich fühlte mich ganz erhitzt, und der Platz, auf dem ich gesessen hatte, war feucht.

Ich merkte, daß ich nicht mehr träumte. Ich öffnete die Augen und sah, daß ich auf der Kante von Minnas Gästebett saß. Noch immer erhitzt. Noch immer feucht.

Ich steuerte auf Minnas Bad zu und schimpfte die ganze Zeit mit mir: Du bist wirklich ein großes Baby, Bitte. Wegen eines sonderbaren Traumes in die Hosen zu machen!

Aber ich hatte nicht in die Hosen gemacht, Isabella. Dir

vertraue ich es an. Die Feuchtigkeit war ein purpurroter Streifen.

Ich war eine Frau.

Was für eine Erleichterung festzustellen, daß es nicht viel Blut gab. Ich atmete tief durch und dann noch einmal. Ich war verunsichert, froh und verwirrt, alles gleichzeitig. Mein Puls hämmerte. Was sollte ich tun? An wen konnte ich mich wenden? Minna hätte mir helfen können, aber sie war nicht da. Ich hörte Axel im Garten Holz hacken. Nein, kein Mann! Er würde es nicht verstehen. Ich ging zum Telefon in der Eingangshalle und wählte eine Nummer.

»Claire!« sagte ich, als sie abnahm. »Ich bin's!«

»Bitte! Du fehlst mir!« sagte Claire.

»Stell dir vor«, flüsterte ich.

»Was?« flüsterte auch Claire.

»Ich habe meine... Ich habe angefangen... Ich schätze, du würdest sagen, ich bin eine Frau geworden!« verkündete ich. »Heute. Jetzt gerade!«

»Wirklich? Nun ja, es wurde ja auch langsam Zeit«, sagte Claire. »He! Gestern habe ich Robert McCormick im Schwimmbad gesehen. Seine Haare sind von der Sonne ganz ausgebleicht und er kriegt langsam Muskeln!« Claire schnatterte weiter, als ob meine Neuigkeit völlig unwichtig wäre. »Er sieht toll aus, Bitte. Richtig gut! Du glaubst es erst, wenn du es selbst siehst. Ich glaube, ich bin verliebt. Ja, ich weiß, er war der erste, der dich geküßt hat. Aber hier geht es um wahre Liebe, Bitte.«

Wahre Liebe. Ich seufzte. Robert McCormick schien zu einem anderen Leben zu gehören und Claire irgendwie auch. »Ich muß jetzt aufhören«, sagte ich. »Dies ist ein Ferngespräch.«

»Geht klar. Drück mir die Daumen für Robert.« Claire schmatzte Küsse ins Telefon, bis ich den Hörer auf die Gabel legte, um das Gespräch zu beenden.

Ich wählte noch einmal.

Eines Tages wirst du eine Frau sein, Isabella. Du wirst offiziell erwachsen sein, und gleichzeitig wirst du sein wie ein kleines Mädchen. Du wirst mit jemandem sprechen wollen, der dich versteht. Mit jemandem, der dich in- und auswendig kennt – den Geruch deiner Haare nach einem Tag in der Sonne, das Gefühl von Seife, die über deine Haut gleitet, das Geräusch deines Atems mitten in der Nacht.

Vielleicht bist du, wie ich, weit von zu Hause fort an dem Tag, an dem du eine Frau wirst. Vielleicht wählst du eine Nummer und hörst das Telefon, ein-, zwei-, siebenmal am anderen Ende klingeln. Und wenn du schon auflegen willst, wirst du flehen: »Nimm ab. Bitte, nimm ab. Ich brauche dich, Mama.«

Das letzte Mäusebett

Ich saß allein in Axels Eingangshalle und hörte zu, wie Mamas Telefon kilometerweit entfernt klingelte. Ich dachte daran, wie wichtig es war, daß jemand am anderen Ende der Leitung den Hörer abnahm. Sieben Klingelzeichen, acht, neun, zehn …

»Hallo?« Mamas Stimme.

»Mama! Ich bin's!« Ich suchte nach den richtigen Worten. »Mama, seit heute bin ich eine Frau.«

Mama schnappte nach Luft. »Ah! Meine Bitte?« Ihre Stimme klang plötzlich rauh. »Meine schöne, intelligente, unabhängige Tochter ist jetzt eine junge Frau?«

Ich trat einen Schritt zurück und starrte den Hörer an. Sprach Mama von mir? So hatte sie mich noch nie genannt: schön, intelligent, unabhängig. Eine Frau werden, Isabella, vielleicht bedeutet es eigentlich nur, daß einem Dinge gesagt werden, die man einem Kind nicht erzählt.

Ich hörte Mama tief Luft holen und seufzen. »Ich heiße Bitte, die junge Frau, willkommen, aber ich möchte mich nicht von Bitte, dem kleinen Mädchen, verabschieden.«

Müssen wir uns verabschieden, fragte ich mich? War Bitte, das kleine Mädchen, für immer verschwunden? Ich dachte an meine Schwester, wie sie auf unserer Veranda stand und winkte.

»Wie geht es Kari heute?« fragte ich.

»Ach, sie fühlt sich nicht wohl. Es wird Zeit, daß das Baby kommt. Ich denke, es ist bald soweit.« Mama schnalzte mit der Zunge. »Meine beiden Babys – beide junge Frauen. Ich wünschte, ich könnte an zwei Orten gleichzeitig sein, Bitte. Du verstehst, daß ich bei Kari bleiben muß, nicht wahr? Sie braucht mich jetzt dringender als du, meinst du nicht?«

»Ja, Mama«, sagte ich und versuchte, mich wie eine Erwachsene zu benehmen. Mich zu benehmen wie die Frau, die ich gerade geworden war. »Ich verstehe«, sagte ich. Aber man kann etwas verstehen, Isabella, und es trotzdem nicht mögen.

Dann sagte Mama lebhaft: »Weißt du, was du tun mußt?«

»Ja, Mama. Ich weiß, was ich tun muß.« Schließlich hatte ich Claire und in der Schule Bio.

Aber Mama erklärte es trotzdem, worauf ich gehofft hatte. Ihre besonnenen, klaren Anweisungen wischten meine Ängste weg. »Alles klar?« fragte sie.

»Alles klar«, sagte ich.

»Gut. Gib mir bitte deinen Onkel Axel. Aber erst einmal möchte ich dir danken, daß du angerufen hast, Bitte. Danke, daß du mich an diesem wichtigen Ereignis teilhaben läßt.«

Ich preßte den Hörer an mein Ohr. »Sind Familien nicht dafür da, Mama?«

Ich winkte Axel aus dem Garten herein. Während er mit Mama sprach, ging ich zurück ins Gästezimmer. Mamas Worte waren noch frisch in meinem Gedächtnis.

Ich öffnete die Nachttischschublade und nahm das letzte Mäusebett heraus. Ich legte die winzige Tagesdecke und die Strickdecke und das kleine Spannlaken beiseite. Unter allem lag die Mäusematratze, die in Wirklichkeit gar keine Matratze war, sondern eine saubere weiße Monatsbinde.

Sorgfältig faltete ich die Tagesdecke und die Decke und das Laken zusammen und verwahrte sie in der Schublade. »Auf Wiedersehen«, sagte ich leise.

Ich nahm die Binde mit ins Bad. Dort befolgte ich Mamas Anweisungen. Früher oder später, dachte ich, werde ich Axel bitten müssen, mich mit zum Laden zu nehmen, um Nachschub zu holen. Ich runzelte die Stirn. Ich mußte dafür einen Grund erfinden. Der wirkliche Grund war viel zu vertraulich. In diesem Moment erinnerte ich mich an den Sommer, als Kari die Mäusematratzen nicht mit nach draußen bringen wollte. Ihr Verhalten erschien mir nun nicht mehr so unerklärlich.

Ich atmete tief ein und gähnte. Die Unruhe war fort, aber ich fühlte mich wieder müde. Ich ging hinein und legte mich aufs Bett. Kurz bevor ich einschlief, hörte ich, wie Axel den Wagen startete.

Diesmal keine Träume, Isabella. Ich schlief tief und fest, und als ich aufwachte, war es Abend, und Axel war zurück. Ich weiß nicht, ob mich sein leises Klopfen weckte oder die köstlichen Gerüche, die aus der Küche zu mir hereindrangen.

»Bitte«, sagte Axel, »kommst du mit mir zum See?«

»Sofort«, murmelte ich. Ich fühlte mich nach der Ruhepause viel besser. Ich zog mich schnell an und kämmte mein Haar und sah in den Spiegel, um zu sehen, ob ich mich schon verändert hatte. Würde Axel merken, daß ich eine Frau geworden war? Nein. Ich war erleichtert festzustellen, daß ich äußerlich noch immer dieselbe Bitte war.

In der Küche gab Axel mir einen Korb. »Würdest du bitte diesen Korb tragen? Wir treffen uns am See.«

Der Korb war schwer. Am See breitete ich das Tuch aus, das Axel obenauf gelegt hatte, um für unser Abendessen zu decken. Darunter waren warme Schüsseln, gefüllt mit gebratenem Huhn und gekochten Kartoffeln und kleinen Spargelstangen. Ich war überrascht, als ich das gute Porzellan und das Silberbesteck aus der Tiefe des Korbes hervorholte. Noch überraschter war ich, in einer Ecke eine kleine Flasche Wein zu finden.

»Das ist ja ein Festessen!« rief ich Axel aufgeregt entgegen, als er auf mich zukam. In der einen Hand trug er zwei von Minnas Kristallgläsern, in der anderen eine ihrer Rosenknospen, die sich gerade öffnete.

Er kniete sich nieder, um den Wein einzuschenken, ein volles Glas für sich und einen Schuß Rot für mich. Stell dir vor, Isabella, wie das Licht der Abendsonne durch rubinfarbenen Wein leuchtet und ihn glühen läßt.

Ich nahm das Glas, das Axel mir anbot. Er gab mir auch die Rosenknospe. »Minna würde bei der Feier dabeisein wollen«, sagte er.

»Feier?«

»Ja.« Axel erhob sein Glas. »Auf dich.«

Ich bin sicher, mein Gesicht glühte so rot wie der Wein. Stell dir vor, Isabella, Mama hatte es ihm gesagt! Ich mußte mich in diesem peinlichen Moment irgendwie ablenken. Ich hob Minnas Kristallglas an die Lippen und trank einen kleinen Schluck. Ein warmer Schauer durchlief mich. Ein Schauer aus Schüchternheit und Stolz.

Axel begann das Abendessen zu servieren. »Iß!« sagte er. »Laß es dir schmecken!« Er sprach nicht mehr vom Feiern. Aber jedesmal, wenn ich an meinem Wein nippte, hörte ich, wie die Gläser geklirrt hatten, weil ich nun eine Frau war, und ich spürte denselben schüchternen, stolzen Schauer.

Axel und ich sprachen über Minna und Kochen und Schule, bis der Mond langsam aufging. Ich dachte, es wäre Vollmond, aber Axel sagte: »Noch nicht ganz.«

Er blickte lange den Mond an. Dann goß er sich Wein nach.

»Du bist ein guter Koch«, sagte ich.

»*Takk*«, sagte Axel. »Danke.« Er tupfte seinen Mund mit der Serviette ab. »Vor langer Zeit, in Norwegen, bevor mein Großvater und der Großvater meines Großvaters geboren wurden, kochten nur die Frauen.«

»Bei uns kocht immer nur Mama«, sagte ich. Dann

merkte ich, daß Axel keine Unterhaltung beginnen wollte. Er erzählte eine Geschichte.

»Vor langer Zeit, in Norwegen, wenn sich ihre Söhne und Männer auf eine große Fahrt vorbereiteten, kümmerten die Frauen sich um das Essen, das sie mitnehmen sollten. Auf den Wikingerschiffen konnte man nicht kochen, deswegen aßen die Wikinger kalte Mahlzeiten, wenn ihre Fahrt sie über die Meere führte. *Nei*, es gab wenig Platz auf einem Wikingerschiff. Nur einen einzigen Raum. Sie schliefen in Schlafsäcken aus Rentierfell. Die Frauen nähten die Schlafsäcke, damit die Männer einen warmen Schlafplatz hatten. Ja, die Frauen sorgten für die Dinge, die notwendig waren, um auf einer Fahrt zu fremden Küsten zu überleben.«

Axel unterbrach sich, um an seinem Wein zu nippen.

»Kannst du dir die Vorbereitungen vorstellen, Bitte? Und die Aufregung über die bevorstehende Fahrt? Wie ein Vorrat an Nahrungsmitteln und Kleidern und all den anderen Dingen angelegt wird, die ein Mensch zum Überleben braucht? Wie der Laderaum des Schiffes für die Fahrt vorbereitet wird, damit die Seeleute innen sicher sind, wenn das Meer draußen tobt.«

»Die Frauen«, sagte Axel, »haben die Wikingerschiffe ausgerüstet.«

Ich konnte es mir vorstellen, Isabella. Fast konnte ich sie bei ihrer Arbeit singen hören.

Axel räusperte sich. »Manchmal wurde die Fahrt abgesagt. Dann ging doch niemand an Bord, und keiner mußte behaglich und sicher untergebracht werden.

Dann mußten all die Dinge wieder ausgeladen werden, die für das Überleben der Seeleute an Bord gebracht worden waren. Das Wikingerschiff wurde entladen, bis es wieder leer war und für die nächste Fahrt bereitstand.«

Axel schwieg lange.

»Und?« fragte ich.

»Und?« wiederholte er.

»Ist das das Ende?«

Axel lächelte. »*Nei.* Das ist erst der Anfang.«

»Der Anfang?« Ich fragte mich, warum Axel in Rätseln sprach.

Er betrachtete die Sterne. »Sonja«, murmelte er achselzuckend, »besser kann ich es nicht.«

Sonja war Mamas Name. Ich dachte, zuviel roter Wein hätte Axels Gedanken verwirrt, und so stellte ich keine Fragen mehr in dieser Nacht. Ich habe diese seltsame Geschichte jedoch nie vergessen. Jahre später ergab sie für mich einen Sinn. Das volle Wikingerschiff war wie der Körper einer Frau, der sich auf ein Kind vorbereitete, so wie Karis Körper sich auf dich vorbereitet hatte, Isabella. Und das Be- und Entladen des Wikingerschiffes, der Kreislauf des Füllens und Leerens – das war *mein* Teil der Geschichte. Der arme Axel hatte auf seine Art versucht, mir zu erzählen, wie es ist, eine Frau zu werden – durch seine Wikingersage.

Aber als ich zwölf war, Isabella, war es einfach eine Geschichte ohne Mittelteil und Ende, nur mit einem Anfang. Einem sonderbaren Anfang.

Als ich mich in der Nacht unserer Feier zum Schlafengehen fertigmachte, dachte ich an die Rentierschlafsäcke. Die Wikingerbetten erinnerten mich an mein kleines Mäusebett. Ich öffnete die Nachttischschublade und suchte die Bettwäsche. Statt dessen fand ich die Schublade mit Mäusematratzen angefüllt, wie zu Minnas Zeiten.

Axel, dachte ich. Axel hat sie gekauft und hierhergelegt. Mein Gesicht wurde wieder siedendheiß. Aber ich war auch dankbar, daß ich nicht fragen mußte.

Diese sind nicht mehr zum Spielen, sagte ich mir. Jetzt ist alles anders. Ich bin anders. Aber ich fühlte mich überhaupt nicht anders, Isabella. Ich hatte erwartet, daß ich mich plötzlich verändern würde an dem Tag, an dem ich eine Frau wurde, daß ich Brautzeitschriften lesen oder Kuchen für Landarbeiter backen oder mit einem schüchternen, hübschen Jungen durch die Weizenfelder tanzen würde. Ich hatte erwartet, daß ich von dem Tag an wie die Frauen sein würde, die ich kannte – Claire, Kari, Minna, Mama. Aber ich war keine von diesen Frauen. Ich war ich. Und ich wollte spielen.

Ich griff nach dem winzigen Spannbettlaken. Ich zog es über eine funkelnagelneue Mäusematratze.

»Hallo«, sagte ich leise und lächelte.

Vollmond

Zwei Tage nach meiner Feier kam ich in die Küche und fand Axel hinter seiner Morgenzeitung versteckt. Er hatte ein Glas Orangensaft auf meinen Platz gestellt.

»*God morgen*, Bitte.« Seine Stimme kam hinter der Zeitung hervor. »Heute nacht ist Vollmond. Heute ist es soweit, glaube ich.«

»Was ist soweit?«

»*Lille* Kari«, sagte Axel. »Die Reise der kleinen Kari. Und auch die des Babys. Eine Reise geht zu Ende. Eine andere beginnt.«

Axel redete davon, daß du zur Welt kommen würdest, Isabella. Du. Ich setzte mich langsam hin. War es wirklich schon soweit? Wie würdest du aussehen? Wie würde sich deine Haut anfühlen? Ich würde es nie wissen. Ich hoffte, Axel hätte sich im Zeitpunkt geirrt. Solange du noch nicht geboren warst, konntest du noch das Baby meiner Traumwelt sein. Und ich wünschte mir wohl, daß es immer so bliebe.

»Was hat der Vollmond damit zu tun?« fragte ich.

»Ich lese es jeden Monat in der Zeitung«, sagte Axel.

»Vollmond. Wenige Tage später eine lange Liste von Neugeborenen. Es ergibt Sinn. Wenn der Mond die Gezeiten beherrschen kann, dann kann er sicherlich einem Baby einen kleinen Stups geben.«

Stimmte das? fragte ich mich. Wenn es stimmte und nicht eine von Axels norwegischen Geschichten war, dann würdest du bald hier sein, Isabella. Mein Herz schlug schneller bei dem Gedanken.

»Ah, tapfere Kari. *Lille modige* Kari.« Axel ließ die Zeitung sinken, zog die Augenbrauen hoch und sah mich an. »Einen Toast?«

Ich nahm mein Glas Orangensaft. »Auf Kari«, sagte ich. »Auf Kari und ihr Baby.«

Axel lachte leise und hob sein eigenes Glas. »Auf das Leben«, sagte er und lachte wieder.

»Warum lachst du?« fragte ich. »Was ist so lustig?«

»Ich wollte nur wissen, ob du einen Toast haben willst. Zum Essen.«

Ich kicherte. »Oh!« Ich stand auf und machte mich an der Theke zu schaffen, und bald duftete die Küche nach Toast und geschmolzener Butter. Ich stellte einen ordentlichen Stapel in die Mitte des Tisches und goß mir eine halbe Tasse Kaffee ein. Mama war nicht da, um mich daran zu hindern. Und außerdem, ich war eine junge Frau, oder etwa nicht?

Ich saß wieder Axel gegenüber und rührte Sahne in meinen Kaffee. Ich tauchte den Löffel in die Zuckerdose und starrte auf die herabfallenden Kristalle. Plötzlich sehnte ich mich nach meiner Familie. Ich vermißte sie –

Mama, Papa, Jorgen und Kari. Ich vermißte unsere morgendlichen Gespräche. Ich vermißte den Geruch des frisch gebackenen Rhabarberkuchens und das Wispern des Weizens, das durch das offene Fenster drang.

Nicht, daß ich die Zeit mit Onkel Axel nicht genossen hätte. Darum ging es gar nicht. Ich hatte ihn nie richtig gekannt, und nun kannte ich ihn. Mir gefiel, wie er sich um mich kümmerte und wie er meine Schwester *modig* nannte. Mutig. Aber ich wollte bei Kari sein und bei meiner Familie. Mir schien, daß der schwierigste Teil von Karis Reise noch bevorstand, und ich sehnte mich danach, dabeizusein, Isabella, dich in der Welt willkommen zu heißen. Aber man hatte mich weggeschickt und nicht gefragt, ob ich nach Hause zurückkommen wollte.

Ich trank meinen Kaffee, aber ich nahm seinen Geschmack kaum wahr, so unruhig machte mich das Warten auf Nachrichten über dich.

Um vier Uhr nachmittag kniete ich im Garten, als das Telefon klingelte. Dann stand schon Axel vor mir, und die Autoschlüssel schaukelten an seinen Fingern. »Komm, wir machen eine Spazierfahrt«, sagte er lächelnd.

»Das Baby?«

»Unterwegs.«

»Und wir fahren hin?«

Axel nickte.

Ich rannte ins Haus, wusch mich, packte und war in weniger als zehn Minuten am Auto. Nachdem ich wieder zu Atem gekommen war, fragte ich: »War das Mama am Telefon?«

»Ja.«

»Was hat sie gesagt?«

»Sie sagte: ›Wir sind auf dem Weg in die Klinik.‹ Sie sagte: ›Kari möchte, daß Bitte dabei ist.‹«

»Sie hat meine Karte bekommen!«

»Ja.«

»Aber was ist mit Mama?«

»Sie hat gefragt«, Axel zögerte. »›Schafft Bitte das?‹«

»Was?«

»Kann Bitte loslassen? Kann Bitte Kari loslassen?« Axel hielt mir die Autotür auf. »Deine Mama hat gesagt: ›Bring sie nicht, wenn sie es nicht kann.‹«

»Und was hast du gesagt?«

»Ich bringe dich hin, oder nicht?« Axel sah zu, wie ich ins Auto stieg. Er schloß die Tür hinter mir und ging auf die Fahrerseite. Als er hinter dem Steuer saß, sagte er: »Ah, Bitte, du liebst deine Schwester. Du liebst dieses Baby. Du möchtest für beide das Beste. Ich weiß, auch wenn das Beste dir vielleicht das Herz bricht, stimmt's?«

»Ja«, flüsterte ich.

Axel ließ den Motor an, während ich die Arme vor der Brust verschränkte. Wenn mein Herz nicht brach, so war es doch kurz davor. Würde ich dich wirklich wortlos gehen lassen können, Isabella?

Ich wußte es nicht. Ich wußte nur, daß ich nach Hause fuhr, zu meiner Familie, dorthin, wo ich hingehörte.

Die Fahrt würde vier Stunden dauern. Wir würden nicht vor acht Uhr in der Klinik sein. Ich trommelte mit den Fingern auf die Sitzbezüge aus Plastik und versuchte, die Zeit mit Gesprächen zu füllen.

»Das Baby – glaubst du, sie ist schon da?« fragte ich.

»Wahrscheinlich nicht«, sagte Axel. »So was braucht seine Zeit.« Er sah zu mir herüber. »Warum glaubst du, daß das Baby ein Mädchen ist?«

»Vielleicht wünsche ich mir nur eine Nichte«, sagte ich, »um die Tradition fortzuführen.« Um ehrlich zu sein, Isabella, ich habe nie daran gedacht, daß du ein Junge sein könntest. Ein Junge namens Isabella? Nein, der Gedanke war mir nie in den Sinn gekommen.

»Mädchen. Junge. Ein Baby ist ein Baby«, sagte Axel. »Jedes voller Verheißungen.«

Voller Träume von Rosenranken und Rosinenplätzchen, dachte ich. Träume von morgendlichem Sonnenschein, der auf einer Wiege liegt. Träume von Nächten am Lagerfeuer und vom Funkeln der Sterne. Träume vom Suchen und Finden der Sternbilder, vom Zusammenfügen, vom Zusammengehören.

Ich schwieg lange. Dann beugte ich mich zu Axel hinüber. »Selbst wenn ich sie niemals kennenlerne – das Baby, meine ich –, ich werde trotzdem ihre Tante sein, nicht wahr?«

Das Auto schlingerte. Eine tiefe Furche teilte Axels Stirn. »Was sagst du, Bitte?«

»Eine Tante. Ich werde trotzdem ihre Tante sein, gewissermaßen.«

»Ja, Bitte. Du wirst trotzdem ihre Tante sein. Natürlich.«

Ich wünschte, Axel würde schneller fahren. Ich redete lauter, um das zunehmende Motorengeräusch zu übertönen. »Möchtest du nicht dort sein, bevor sie geboren ist, Axel? Möchtest du nicht dort sein, bevor es wirklich passiert?«

Axel nickte, aber dann runzelte er die Stirn und schaltete einen Gang tiefer.

Beeil dich doch! wollte ich rufen. Fahr schneller, nicht langsamer! Isabella ist unterwegs! Kari braucht mich! Beeil dich!

Am Straßenrand leuchteten die Schilder einer Gaststätte rot und blau auf. »Es ist sieben«, sagte Axel. »Möchtest du etwas zu Abend essen?«

»Nein!« sagte ich. »Danke, meine ich. Aber nein, danke.«

Wir fuhren weiter, an der Gaststätte vorbei, an der Tankstelle vorbei und am letzten Rastplatz vorbei.

Ich wollte die Räder durch meinen Willen zwingen, sich schneller zu drehen. Würden wir es jemals zur Klinik schaffen? Und wenn wir nicht rechtzeitig kämen? Wie ungerecht es wäre, deine Ankunft zu verpassen, jetzt, wo Kari sich darauf verließ, daß ich kommen würde. Jetzt, wo Mama mir noch eine zweite Chance gab.

Daran dachte ich, als Axels großes neues Auto einmal knatterte, zweimal ruckte, zitterte und stehenblieb.

Axel ließ es zum Straßenrand rollen. Er versuchte immer wieder, den Motor in Gang zu bringen. Er brummte auf norwegisch – vielleicht sandte er Gebete gen Himmel oder gab dem Auto Anweisungen, ich weiß es nicht. Er stieg aus und sah unter die Kühlerhaube. Mehr Gebrumme. Er rückte dies und jenes zurecht. Trotzdem wollte der Motor nicht anspringen.

»Hat keinen Sinn«, sagte er traurig.

Ich spähte in beide Richtungen der im Schatten liegenden Straße. »Wie weit ist es noch?« fragte ich. »Vielleicht können wir laufen?«

Axel schüttelte den Kopf. »Mit dem Auto wäre es noch eine Stunde, Bitte. Zu weit, um zu Fuß zu gehen.«

Ich griff nach seiner Hand. »Bitte, Axel«, sagte ich. »Wie sollen wir sonst hinkommen?«

Wir gingen im Licht der untergehenden Sonne, bis unsere Beine wehtaten und wir außer Atem waren.

»Vielleicht ... kann uns jemand ... mitnehmen«, schlug ich nach Luft japsend vor.

Axel schüttelte den Kopf. »Zu gefährlich.«

Die wenigen Autos auf der Straße rasten ohnehin vorbei. Niemand schien darauf erpicht, einen alten Mann und eine erschöpfte junge Frau mitzunehmen.

Wenn doch jemand anhalten würde, dachte ich. Mir fiel ein, wie Mama mir einmal gesagt hatte: »Sei vorsichtig mit deinen Wünschen, Bitte. Sie könnten in Erfüllung gehen.« Ich wünschte es mir noch mehr.

Wir sahen zuerst die Scheinwerfer. Scheinwerfer, die uns entgegenkamen, langsamer wurden, vorbeifuhren. Wir drehten uns eilig um und sahen einen verbeulten Lastwagen. Er wendete und kroch langsam zu uns zurück.

Sei vorsichtig mit deinen Wünschen, dachte ich wieder. Meine Nackenhaare stellten sich auf, als ich die Kisten sah, die sich auf der Transportfläche des Lasters stapelten. Meine Phantasie ging mit mir durch. Was war in diesen Kisten? Oder wer...

Auch Axel sah beunruhigt aus, aber plötzlich strahlte er und zeigte auf die Seite des Lasters. »Gunnarsen« stand da.

»Hallo, Mr. Gunnarsen!« begrüßte Axel den Fahrer. Ich erkannte den Inhaber des Obststandes, bei dem wir auf unserem Weg zu Minna angehalten hatten.

»Hallo, mein Freund«, antwortete Mr. Gunnarsen. »Ich war heute geschäftlich in der Stadt. Ich bin gerade auf dem Heimweg, um alles für den Morgenmarkt aufzubauen. Als ich Sie sah, dachte ich mir, kann das Axel sein, mein wählerischster Kunde, der da um diese Zeit die Straße entlangspaziert? Was kann er nur vorhaben?«

Nachdem Axel alles erklärt hatte, sagte Mr. Gunnarsen, daß er vorne leider keinen Platz für Mitfahrer habe. Aber er war so nett, uns auf der Ladefläche seines Lastwagens ein Plätzchen freizuräumen.

Und so, Isabella, fuhren wir zur Klinik, mit dem Wind in unseren Haaren und vom süßen Duft der Früchte umgeben. Kisten über Kisten mit Obst: Weintrauben, Pfirsiche, Melonen und Bananen – die Früchte der Liebe.

Es war fast neun Uhr, als Mr. Gunnarsen uns am Eingang der Entbindungsklinik absetzte. Axel legte seinen Arm um meine Schulter. Ich betete, daß wir den

Anfang deiner Reise nicht verpaßt hatten, Isabella. Ich wollte durch die Tür stürzen, aber Axel hielt mich zurück. »Dreh dich um«, sagte er. »Sieh mal.«

Über dem Horizont ging der Mond auf, gold-orange und voller Verheißung.

Willkommen zu Hause

Ich sah Papa und Jorgen, bevor sie mich sahen. Sie saßen zusammen in dem kleinen Wartezimmer. Als Jorgen mich rennen hörte, sah er auf und rief glücklich: »Kleine Bitte!«

Papa nahm mich in seine Arme und drückte mich ganz fest an sich. Drei Wochen waren vergangen, seit ich meinen Vater und meinen Bruder gesehen hatte, seit wir das Was-sagt-der-Weizen-Spiel gespielt hatten. Es kam mir vor wie eine Ewigkeit. In Papas Armen fühlte ich mich sicher und geborgen. Wir traten einen Schritt zurück und lächelten uns an. Als ich die Lachfältchen um seine Augen sah, wußte ich, daß ich zu Hause war. Ich war nicht in unserem Haus, aber ich war zu Hause.

»Wo ist Mama?« fragte ich.

»Im Kreißsaal bei Kari«, sagte Jorgen.

»Wie geht es ihr?«

»Kari geht es gut. Aber bei Mama bin ich nicht so sicher. Sie sieht jedes Mal müder aus, wenn sie uns über den Stand der Dinge informiert. Aber sie sieht auch immer aufgeregter aus.« Jorgen kicherte.

Ich hörte ein Kichern und ein leises Lachen von der anderen Seite des Raumes. Ich sah über Papas Schulter. Träumte ich? Nein, Isabella. Die Leute aus Karis Fotoalbum standen direkt vor mir.

Hope und Jacob waren lebendig geworden.

Die Überraschung versetzte mir einen Stich. Was hatten *die* hier zu suchen?

Jacob rollte unablässig eine Sportzeitschrift zusammen und glättete sie wieder. Hope hielt ein Namensbuch in den Händen. Sie las jedoch nicht darin. Sie starrte mich an.

Ich drückte mich fester an Papa.

»Du mußt Bitte sein«, sagte Hope.

Papa stand da und schob mich nach vorn. »Hope, Jacob, ich möchte euch unsere jüngste Tochter vorstellen. Bitte, dies ist ... dies sind ... die Eltern.«

Ich verschränkte die Arme vor der Brust.

Axel räusperte sich.

Ich nahm die Arme wieder herunter. Aber wieder fragte ich mich: Was machen die hier?

Jacob mußte mir den Schreck angesehen haben. »Deine Schwester hat uns gebeten, hier zu sein«, erklärte er.

»Ich weiß, es ist ungewöhnlich«, fügte Hope hinzu. »Wir hatten keine Ahnung, daß es überhaupt möglich ist. Aber hier sind wir.« Für Hope schien es ebenso unbegreiflich zu sein wie für mich. »Es ist wirklich etwas ganz Besonderes, so teilhaben zu dürfen. Aber Kari ist auch ein ganz besonderes Mädchen, nicht wahr?«

Ich nickte langsam und wollte gar nicht wissen, welche anderen besonderen Überraschungen Kari geplant hatte.

»Wir freuen uns sehr, dich kennenzulernen, Bitte.« Hope hielt mir ihre Hand hin. Und weißt du was, Isabella? Sie war warm. Auch Jacobs Hand war warm. Etwas in mir begann zu schmelzen, als ich ihre warmen Hände berührte.

Warme Hände sind gut zum Windelnwechseln. Gut zum Rückenmassieren. Gut, dich zu halten, wenn du deine ersten Schritte in diese Welt machst.

Ich hatte nie erwartet, Hope und Jacob kennenzulernen. Ich konnte nicht aufhören, sie anzustarren. Ich mußte sichergehen, daß sie gut genug für dich waren, Isabella.

Als erstes fiel mir auf, daß sie offensichtlich zusammengehörten. Das kam vielleicht, weil sie sich so oft berührten, als ob sie sich sagen wollten: Es wird schon alles gut werden.

Sie duftete nach Blumen. Er roch nach Babyöl und Shampoo. Ich war mir sicher, daß er sich rasiert hatte, bevor er zur Klinik gekommen war. Obwohl es bereits Nacht war, hatte er sich rasiert, bis auf seinen Schnurrbart.

Ja, Isabella, Jacob hatte einen großen, buschigen Schnurrbart. Claire hatte mir einmal gesagt, Schnurrbärte ließen Männer aussehen wie listige Füchse. Claire irrte sich. Jacobs Bart ließ ihn aussehen wie einen großen Teddybären.

Ich betrachtete ihre Augen. Ihre waren grün und ruhig wie der See an einem sonnigen Tag. Seine waren von einem tiefen Braun. Und stell dir vor, Isabella, Jacob hatte Lachfältchen um die Augen. Genau wie Papa. Warme Hände, Lachfältchen, Blumenduft. Das war mein erster Eindruck von Jacob und Hope.

Papa stellte sie gerade Axel vor, als Mama hereinkam. Hope drehte sich erwartungsvoll um.

»Noch nicht«, sagte Mama zu ihr. »Aber alles verläuft bestens.« Sie massierte ihre Hand. »Kari hat einen ganz schön festen Griff. Sie ist stark.«

»Stark?« wiederholte ich.

»Ah, da ist meine Bitte Liten.« Mama schloß mich fest in ihre Arme, so wie Papa es getan hatte. Jorgen hatte recht gehabt. Aus der Nähe sah Mama müde aus, aber es war eine schöne Müdigkeit, als ob sie im Garten gearbeitet und etwas Schönes gepflanzt hätte.

»Wie geht es dir, Sonja?« fragte Axel.

»Mir geht es gut«, sagte Mama. »Kari muß die ganze Arbeit machen. Ich halte nur ihre Hand und rede ihr Mut zu.«

»Sie hat wirklich Glück, dich als Unterstützung zu haben«, sagte Hope. »Dafür sind Mütter ja wohl da.«

Ich erinnerte mich an meinen Anruf. Jemand, der den Hörer abnimmt.

»Ich gehe jetzt besser wieder rein.« Mama nahm mein Gesicht zwischen beide Hände. »Ich freue mich, daß du dich entschlossen hast, bei uns zu sein, Bitte.«

»Sag Kari, daß ich da bin«, sagte ich.

Mama nickte. »Sie wird sich auch freuen.«

Unsere ganze Energie schien mit Mama den Raum zu verlassen. Niemand sprach. Nicht, weil es sowenig zu sagen gab, Isabella, sondern weil es soviel gab, glaube ich.

Ich betrachtete die Möbel, um niemandem in die Augen blicken zu müssen. Auf einem Stuhl in der Ecke bemerkte ich einen kleinen Stoffelefanten. Ich nahm ihn und zupfte an der Schleife an seinem Hals. »Hast du ihn mitgebracht?« fragte ich Jorgen.

»Nein.«

»Papa?«

»Nein.«

»Er ist niedlich.« Ich sah zu Hope und Jacob hinüber.

Sie schüttelten die Köpfe.

Papa holte tief Luft. »Angus hat ihn gebracht«, sagte er. »Aber er konnte nicht bleiben, um ihn dem Baby zu geben.«

»Ja, ich schätze, wir haben alle unsere Grenzen«, sagte Axel.

Papa nickte, und ich erriet, daß Angus nicht hatte bleiben können, daß er nicht alle begrüßen und sich in einem Atemzug von allen hatte verabschieden können.

Jorgen schüttelte den Kopf. »Der kräftige Angus – weiß wie Weizenmehl.«

Eigentlich sahen die Männer alle blaß aus, Isabella. Ich dachte an Kari, die kämpfte, um dies alles auf ihre Art machen zu können, und an Mama an ihrer Seite, die ihr Kraft gab, und an Hope, die Wache hielt wie ein duftender Soldat. Frauen können stark sein, dachte ich, und Männer können blaß sein. Blaß und verletzlich. Was würde Claire dazu sagen?

Ich saß auf dem Sofa und streichelte den Elefanten, den Angus für dich gebracht hatte. Jacob setzte sich neben mich. Auch er streichelte den Elefanten. »Er wird einmal für unser Baby etwas ganz Besonderes sein, meinst du nicht?«

Ich nickte. Mir gefiel, wie er mich anlächelte, als er »unser Baby« sagte, Isabella, als ob du zu uns allen gehören würdest.

Mama kam noch zweimal zurück. »Es dauert noch ein Weilchen«, sagte sie dann.

Axel und ich gingen in die Cafeteria, um etwas zu essen. Später tranken wir Kaffee mit Jacob und Hope und redeten über Gott und die Welt.

Man kann Menschen kennenlernen, indem man einfach mit ihnen redet, Isabella. Ich weiß nun, daß er gern lacht und daß sie die ernstere von beiden ist. Daß er seine Gefühle nicht immer zeigt, aber daß sie sie errät. Daß beide sehr lange auf ein Kind gewartet haben und daß das Warten schwer war.

»Ich habe gelernt zu warten«, sagte Hope. »Aber ich tue es immer noch ungern.«

Ich hatte auch keine Lust mehr zu warten. Ich hatte bereits die ganzen alten Zeitschriften durchgeblättert.

»Möchtest du dir dies hier mal ansehen?« Hope hielt mir ihr Namensverzeichnis hin. Sie wußte nicht, daß ich schon einen Namen für dich hatte. Und ich habe ihr

Isabella nicht vorgeschlagen. Ich wollte diesen Teil von dir für mich behalten.

»Haben Sie schon einen Namen gefunden?« fragte Axel höflich.

Hope schüttelte den Kopf. »Es ist viel schwieriger, einen Namen zu finden, als ich dachte.« Sie wandte sich an mich. »Ein Name muß passen, findest du nicht?«

Ich zuckte mit den Schultern. »Mein Name bedeutet winzig, aber ich werde immer größer.«

Jacob lachte sein unbekümmertes Lachen. »Wir suchen einen Namen mit der Bedeutung neugierig, lieb, lebenslustig« – er zählte die Eigenschaften an den Fingern auf – »mutig, sanft, nachdenklich, stark, leidenschaftlich, liebevoll, weise...« Er legte seine Hand auf Hopes Schulter. »Habe ich etwas vergessen?« neckte er.

»Glücklich«, sagte Hope leise. Sie wandte sich wieder mir zu. »Weißt du, was ich mit glücklich meine, Bitte? Nicht die laute, äußerliche Form von Glück, sondern eine tiefe Zufriedenheit.« Sie errötete. »Verstehst du?«

»Ich glaube schon«, sagte ich. »Aber möchtest du lieber einen glücklichen Jungen oder ein glückliches Mädchen?«

»Ein Baby ist ein Baby«, sagte Jacob, und Hope nickte zustimmend.

Das hatte Axel auch gesagt. Aber ich hatte mein Herz schon vor so langer Zeit an eine Nichte gehängt. Ich runzelte die Stirn. Welchen Unterschied sollte es schon machen? Ich würde dich sowieso nicht kennenlernen. Karis Pläne sahen keine Tante Ich vor.

Als ob er meine Gedanken gelesen hätte, sagte Jacob: »Ich bewundere Kari.«

Hope nickte. »Ich auch. Deine Schwester hat sich alles so gut überlegt. Sie sagt, sie möchte, daß wir das Baby als erste in den Armen halten.« Sie sah Jacob noch immer ungläubig an. »Weil wir die Eltern sind.«

Ich zuckte zurück. Ist es nicht eigenartig, Isabella, wie genau dieselben Worte einem Menschen so viel Freude bereiten können, während sie gleichzeitig einem anderen so großen Schmerz zufügen? Hope und Jacob würden dich als erste in den Armen halten. Aber würde Kari dich auch in den Armen halten? Und Mama? Und Papa? Ich traute mich kaum zu fragen – und ich?

Wenn nur ... begann ich zu denken, als Mama an der Tür erschien.

Ihr Gesicht glühte. Meine Träume von einer Nichte waren in diesem Moment vergessen. Warum? Weil ich nur etwas über dich erfahren wollte. Mädchen. Junge. Es war mir egal. Baby ist wirklich Baby.

Mama ging sofort auf Hope und Jacob zu. »Meine Glückwünsche«, sagte sie. »Ihr habt eine Tochter.«

Ich hatte erwartet, daß wir alle vor Freude Luftsprünge machen und jauchzen und lachen und uns auf die Schultern klopfen würden, so wie man es im Fernsehen sieht. Aber es war diese andere Art von Glück, die den Raum erfüllte. Ich sah es in Jacobs leuchtenden Augen und spürte es in Hopes unvermuteter Umarmung – eine ruhige, tiefe und zufriedene Art des Glücks.

Hope und Jacob umarmten sich. Dann schüttelte Jacob Papas Hand und Jorgens Hand und Axels Hand. Die Männer husteten und räusperten sich und wandten sich ab, um sich die Augen zu wischen.

Ich sah das alles, und mein Herz klopfte vor Freude: *Isabella! Isabella! Du bist da! Willkommen auf dieser Welt!* Es war nicht der Augenblick, an die Zukunft oder an irgend etwas anderes als die Freude über deine Geburt zu denken. Dein Leben zu feiern. Isabellas Leben. Isabella. Dich.

Hope umarmte mich noch einmal und trat dann zu Mama. Sie reichten sich die Hände. »Eine Tochter«, sagte Hope.

Mama und Hope blickten sich lange an. Ihre Augen füllten sich mit Tränen, ihre Augen sagten so viel, daß ich mich wie eine Lauscherin fühlte. Und obwohl ich eine Tochter und auch eine Frau war, trat ich ein Stück zurück. Alle traten ein Stück zurück und ließen Mama und Hope in diesem Augenblick allein. Papa und Jorgen setzten sich auf das Sofa. Jacob streichelte den Stoffelefanten. Axel sah aus dem Fenster.

Ich wartete und sah zu, bis Mama und Hope ihre wortlose Unterhaltung beendet hatten. Bis Mama die Arme ausbreitete und Jacob und Hope gleichzeitig in die Arme schloß. Bis Mama sagte: »Kommt. Lernt eure Tochter kennen.«

Das Geschenk

Ich habe dich zuerst durch das Fenster in der Neugeborenenstation gesehen. Du warst weniger als eine Stunde alt. Selbst durch das Glas hatte ich dich mehr lieb als das Baby aus meiner Traumwelt.

Kari, dachte ich. Kari hat dieses Baby zur Welt gebracht.

Hope wiegte dich in ihren Armen. Jacob beugte sich über die Lehne von Hopes Schaukelstuhl, um dich zu sehen. Ich konnte sofort erkennen, daß Hope und Jacob dich behüteten, so wie Mama und Papa mich behütet hatten. Ich konnte es nicht leugnen, Isabella. Du warst zu Hause. Du warst zu Hause, und meine Schwester Kari hatte dir geholfen, den Weg dorthin zu finden.

Hope und Jacob merkten nicht, daß ich durch das Fenster zusah, so sehr waren sie mit dir beschäftigt. Du warst ihr Wunder. Ich kehrte unbemerkt ins Wartezimmer zurück.

Kari schlief, als ich in ihr Zimmer kam. Ich sagte hallo, und sie öffnete die Augen. »Du bist gekommen«, sagte sie schläfrig. »Das freut mich.«

»Ich bin auch froh«, sagte ich, als Kari die Augen wieder schloß.

»Es ist schon spät«, erinnerte Mama mich, und das stimmte. Wir warfen alle noch einen Blick auf dich, wie du in deinem rosaroten Babykorb fest schliefst. Dann machten wir uns alle in den frühen Morgenstunden auf den Heimweg, alle bis auf Mama, die bei Kari blieb. Es war ein komisches Gefühl, wieder in meinem Zimmer zu sein, komisch und wunderbar vertraut. Ich warf einen flüchtigen Blick in den großen Spiegel. Dasselbe Zimmer, ein anderer Mensch, dachte ich. Vielleicht war es das. Ich schlief in meinem eigenen Bett und träumte von dir, Isabella.

Als die Sonne aufging, war noch immer dein Geburtstag. Du warst noch nicht einmal einen Tag alt.

Mama blieb fast den ganzen Morgen bei Kari und ging nachmittags wieder zu ihr. Wir anderen mußten bis nach dem Abendessen warten, bevor wir sie besuchen durften, weil, wie Mama sagte, Kari Zeit für dich und für sich brauchte. Zeit zum Festhalten, sagte ich mir, und Zeit zum Loslassen.

Ich wollte nicht zu Abend essen. Ich wollte wieder zur Klinik gehen. Aber Mama bestand darauf. »Wir müssen alle eine richtige Mahlzeit haben, bevor wir gehen«, sagte sie. Die Erwachsenen aßen sogar Rhabarberkuchen.

Ich sagte: »Ich möchte keinen, danke.« Mein Nachtisch würde mein Besuch bei dir sein, Isabella.

Die Besuchszeit war schon vorbei, als wir zu Karis

Zimmer kamen. Aber das schien niemanden auf der Entbindungsstation zu stören. Wir unterhielten uns leise miteinander – Mama, Papa, Jorgen, Kari, Axel und ich.

Kari war im Bett, die Babydecke, die sie für dich genäht hatte, war auf ihrem Schoß ausgebreitet. Sie sah erholt aus, der Schlaf hatte ihr gutgetan. »Es war keine schwierige Geburt«, erzählte sie uns.

Mama schüttelte den Kopf, sie hatte einen anderen Eindruck.

Kari lächelte bescheiden. »Na ja, nicht so schwer, wie ich gedacht hatte.«

»Ein Mädchen«, sagte Jorgen. »Das heißt wohl, sie wird viele Fragen stellen. Genau wie eine gewisse kleine Bitte.«

Kari sah von Jorgen zu mir. »Ich nehme es an.«

Ich verdrehte die Augen. Was für Fragen konnte ein neugeborenes Baby schon stellen? Ich konnte mir nur eine vorstellen. Und zwar Minnas Frage: *Wie bin ich hierhergekommen?* Mir kam der Gedanke, daß Minnas schreckliche Frage ihren Schrecken vielleicht verlieren würde, wenn sie die Antwort wüßte.

Kari schielte auf die Wanduhr. »*Ich* habe eine Frage. Kann mir jemand einen Vanille-Milchshake bringen, wenn die Cafeteria noch geöffnet ist?«

Es gab einen freundschaftlichen Wettstreit, wer gehen sollte. Schließlich gingen alle bis auf mich. Kari und ich waren zum erstenmal allein, seit ich von zu Hause fortgegangen war.

»Ich finde dich mutig«, sagte ich. »Und stark.«

Kari sah verwirrt aus. Dann lächelte sie. »Danke. Das ist ein großes Kompliment.«

»Es tut mir leid, was ich alles gesagt habe. Früher.«

»Ist schon in Ordnung, Bitte.« Kari drückte meine Hand.

Ich drückte ihre. Wir hatten uns nicht mehr bei den Händen gehalten, seit wir als kleine Mädchen in Minnas Gästezimmer Mäusespiele gespielt hatten. Es war ein eigenartiges und schönes Gefühl.

Schließlich ließ ich los und zeigte auf Karis Nachttisch. »Was ist das alles?« fragte ich. Der Tisch war mit Geschenken beladen: ein Strauß rosaroter Rosenknospen von Minna und Axel, ein Luftballon von Jorgen, ein hübsches neues Nachthemd von Mama. Es gab auch Geschenke für dich, Isabella: den Elefanten von Angus, gestrickte Schühchen von den Krankenschwestern. Sogar Papa hatte ein winziges Paket gebracht, das klapperte, wenn man es schüttelte.

Ich hatte kein Geschenk für dich, Isabella. Ich wollte dir etwas Besonderes geben, etwas, das dir niemand sonst geben konnte. Während ich die Geschenke ansah, kam mir eine Idee. Die Idee für das perfekte Geschenk. Das dachte ich jedenfalls. Dieses Geschenk konnte ich nicht kaufen. Ich würde es selber machen müssen. Damals wußte ich nicht, wie lange es dauern würde, aber ich konnte es nicht erwarten, dir von meiner Idee zu erzählen.

»Wo ist das Baby?« fragte ich.

»Sie ist unten in der Halle mit ihren Eltern«, sagte Kari.

Diesmal zuckte ich beim Wort *Eltern* nicht zusammen. »Ich mag sie«, sagte ich. »Ich kann auch verstehen, warum du sie ausgesucht hast. Sie sehen...« Ich zögerte. Ich hatte sagen wollen, daß sie aussahen, als könnten sie festhalten, Isabella, und als würden sie dich niemals loslassen. Statt dessen sagte ich: »Nett. Sie sehen nett aus.«

Ich wollte Kari erzählen, daß ich eine Frau geworden war und daß ich manche Dinge nun besser verstand als früher, aber in diesem Augenblick kamen die anderen zurück. Mama gab Kari den Milchshake. Nachdem sie ihn langsam und bedächtig ausgetrunken hatte, fand ich, daß ich lange genug gewartet hatte. Kari und Mama hatten dich bereits in den Armen gehalten und dich an sich gedrückt und dein dünnes Stimmchen gehört. Jetzt war ich dran.

»Wann können wir das Baby sehen?« fragte ich.

Mama blickte auf die Uhr. »Jeden Moment«, sagte sie. Sie streichelte Karis Schulter. Axel und Jorgen und Papa rückten näher an Karis Bett.

Ich sah Axel an. »Hallo – Leb wohl«, murmelte er.

Kari senkte den Kopf und vergrub das Gesicht in den Händen. Ich blickte in eine andere Richtung. Weinte Kari? Betete sie? Ich wußte es nicht.

Ich stand am dichtesten neben der Tür, und so sah ich als erste, wie sie sich öffnete. Hope erschien im Türrahmen. »Ist es der richtige Moment?« fragte sie.

Kari hob den Kopf. Sie glättete die Babydecke und nickte. »Kommt rein.«

Hope öffnete die Tür noch ein Stück, und Jacob kam mit dir in den Armen herein. Mein Herz raste, als wäre es der hochgejagte Motor von Axels großem Auto.

»Sie ist wundervoll«, sagte Jacob zu Kari. »Genau wie du.«

Hope sah, wie ich sie anstarrte. »Möchtest du sie halten?« fragte sie.

Das war meine Chance. Das war, worauf ich all die Monate hindurch gewartet hatte, und ich weiß nicht, warum ich sagte: »Nein, danke.«

»Nun komm schon, Bitte«, sagte Kari. »Sie ist nicht zerbrechlich.«

Ich muß zugeben, Isabella, ich machte mir nicht wegen dir Sorgen. Meine Arme zitterten, als ich sie nach dir ausstreckte.

Hope nahm dich aus Jacobs Armen und zeigte mir, wie ich dein Köpfchen halten mußte. Und plötzlich hielt ich ein duftendes, kuscheliges Päckchen Leben in meinen Armen. Es gab so viele Dinge, die ich dir erzählen wollte, Isabella, so viele Dinge, die ich dir sagen wollte, aber wir hatten keine Zeit. Ich tat das Nächstbeste und trug dich zum Fenster. Ich hob dein Köpfchen zum Nachthimmel. »Schau nur«, flüsterte ich. »Kannst du ihn sehen?«

Du zogst eine Grimasse und fuchteltest mit deinen Fäustchen in der Luft herum. Ich hatte gehört, daß Neugeborene noch nicht viel erkennen können, deshalb hast du den Kleinen Bären wahrscheinlich nicht gesehen. Ich glaube, du hast den Mond gesehen.

Ich beugte mich ganz nah zu dir herab. Meine Wange

strich über deine weiche Haut. Ohne es zu merken, begann ich zu summen. Als ich dich hin und her wiegte, schienen wir eins zu werden. Du machtest die Augen zu. Ich summte und schaukelte, schaukelte und summte das Wiegenlied, das meine Lieblingstante für mich gesummt hatte. Es klang genau wie bei Minna. Es klang genau wie Tante Ich.

Ich verrate dir etwas, Isabella. Ich klammerte mich an diesen Moment, noch lange, nachdem ich dich zu meiner Schwester getragen und in ihre Arme gelegt hatte.

»Hast du gesehen, Bitte? Sie hat meine Nase.« Kari berührte deine Stupsnase, deine kleinen Zehen und Finger, deine winzigen Ohren. »Oh«, sagte sie. »Mmmmm.« Sie drückte dich an ihre Brust.

Du fingst an zu wimmern.

Ich hielt den Atem an. In meinen Träumen hast du niemals geweint, Isabella. In meinen Träumen warst du niemals traurig.

Karis Augen füllten sich mit Tränen, als sie dein Wimmern hörte.

Aber Jacob reichte ihr ruhig eine Flasche. Sie schob sie dir in den Mund, und dein Wimmern verstummte.

Ich seufzte erleichtert.

Kari gab dir lange zu trinken, aber mir ging alles viel zu schnell. Du hast geräuschvoll gesaugt, und wir genossen jeden Schluck.

Als die Flasche leer war, legte Kari dich auf die Schulter und klopfte dir sachte auf den Rücken. Dann hast du ein Bäuerchen gemacht, und wir lobten dich, als wärest du Präsident Lincoln, der in Gettysburg seine Rede über Freiheit und Demokratie hält.

»Du bist so klug«, sagte Kari zärtlich. »Ich liebe dich so sehr.« Sie sah auf und blickte Jacob und Hope an. »Paßt gut auf sie auf. Sagt ihr, ich liebe sie.« Sie küßte dich auf die Stirn.

Mein Herz zog sich zusammen, Isabella, und in meinen Ohren begann das Blut zu rauschen, weil Kari sich von dir verabschiedete. Nein, dachte ich. Ich kann es nicht. Plötzlich, wie ein Sternbild, das sich zum erstenmal abzeichnete, wurde mir klar: Ich war gar nicht diejenige, die jetzt stark sein mußte. So stand ich neben meiner Schwester. Ich stand mit meiner Familie auf der einen Seite neben Kari und blickte zu Hope und Jacob, die uns gegenüber auf der anderen Seite neben ihr standen. Für jede andere Person muß es wie »wir« und »die« ausgesehen haben, auf entgegengesetzten Seiten und mit dir in der Mitte. Aber so war es gar nicht.

An den Rest erinnere ich mich wie in Zeitlupe.

Kari hüllte dich zärtlich in ihre Babydecke.

Hope beugte sich herab und legte den Arm um meine Schwester. Mama beugte sich herab und legte ihren Arm um meine Schwester. Plötzlich beugten wir uns alle zu dir herab, unsere Arme öffneten sich, und wir hielten einander: Kari hielt Mama, und Mama hielt Papa, und Papa hielt mich, und ich hielt Jorgen, und Jorgen hielt Axel, und Axel hielt Jacob, und Jacob hielt Hope, und Hope hielt Kari, und Kari hielt dich, Isabella, unser Baby.

In diesem Moment verstand ich, was Liebe ist. Ich

werde es niemals vergessen. Weil es dich gab, wären wir fast vor Liebe geplatzt, Isabella. Liebe. Sie erfüllte uns alle und schien sich wie ein Band um uns zu legen.

»Was ist Liebe? Was glaubst du?« fragte Claire, als der Sommer zu Ende ging und die Schule wieder begonnen hatte.

»Ich glaube, sie ist für jeden Menschen anders«, sagte ich. »Aber eins kannst du mir glauben, du wirst sie erkennen, wenn du sie siehst.«

»Sag mir doch einfach, wie sie aussieht«, bat Claire.

»Sie sieht aus wie ein Kreis«, sagte ich. »Liebe ist ein Kreis, so voll wie der Mond.«

Claire lachte. »Nein, wirklich. Gib mir mal einen Tip.«

Manchmal, Isabella, sind die einfachsten Dinge am schwierigsten zu erklären.

Epilog

Ich nenne dich Isabella.

Wenn ich an dich denke, denke ich an die anderen: Minna, Axel, Jacob, Hope, Mama, Papa, Jorgen, Angus und Kari. Wir gingen jeder unseren eigenen Weg und gehörten doch zusammen, wir waren Teile desselben Sternbildes.

Nenne es, wie du willst.

Hope und Jacob schreiben meiner Schwester Kari über dich. Sie liest die Briefe immer wieder. Die Fotos bedeuten ihr sehr viel. Kari weiß, du bist gut aufgehoben. Sie redet voller Zärtlichkeit von dir.

Und ich werde dich immer im Herzen behalten. Jedes Jahr zünde ich an deinem Geburtstag Kerzen an und denke an dich – und an die Liebe. Heute nacht werden die Kerzen wie die Sterne leuchten. Zwölf Sterne, Isabella.

Zwölf.

Ich frage mich, ob du mein Geschenk geöffnet hast, das Geschenk, das ich heute vor zwölf Jahren begann. Ich frage mich, ob du die Geschichte deiner Geburt gelesen und ob du die Antwort auf die Frage »Wie bin ich hierhergekommen?« gefunden hast.

Ich starre auf die zwölf kleinen Flammen und frage mich: War es wirklich das perfekte Geschenk? Wird es dir helfen zu verstehen?

Ich puste die Kerzen aus und wünsche mir was.

Die Autorin möchte folgenden Autoren, Experten und Babysittern danken, die ihr bei diesem Buch geholfen haben: Peggy King Anderson; »Papa«; Roger; Barbara Helen Berger; Daniel A. Farr, Rechtsanwalt; Mary Kay; Kathryn O. Galbraith; Brenda Z. Guiberson; Tobi Hon-Englund; Nancy Luenn; Pat Mauser; dem Museum für nordisches Erbe; Mary Paananen; Ellen Rebecca Rees vom Skandinavischen Institut an der Universität Washington; Ida Vandermollen, Sozialarbeiterin für Adoptionen; und ganz besonders Laura Anderson, unserer geliebten Lo-Lo.

Die Autorin

C. B. Christiansen wuchs in Washington auf und studierte Psychologie und Erziehungswissenschaft an der Universität Washington. Mit ihrem Mann und ihrer Tochter lebt sie in Bellevue und Vashon Island.

Ihr erster Roman für junge Erwachsene (A Small Pleasure, 1988) war sehr erfolgreich und wurde von der Kritik stark beachtet. Außerdem hat sie ein Erstlesebuch und Bilderbücher geschrieben.

»Ich seh den Mond« ist ihr erstes Buch, das ins Deutsche übersetzt wurde.

Der Übersetzer

Martin Kluger, Jahrgang 1948, lebt als freier Autor und Übersetzer in Berlin. Er schreibt Prosa für Jugendliche und Erwachsene sowie Theaterstücke, Hörspiele und Drehbücher.